文庫

インフォデミック

コロナ情報氾濫

松野大介

講談社

目次

インフォデミック

コロナ情報氾濫

一章（第一波）　コロナ誕生

二〇二〇年二月　制作会社e‐ボックス・オフィス

　十畳分の社長室兼応接室に初老の男の声が響く。

「この新型の、コロナウイルスは、十八年前のSARS（サーズ）と型が……型が非常に似ています。なので、ですね、警戒は必要かとは存じます」

　窓の前のテレビモニターには着古したスーツ姿で白髪混じりの薄い髪の男のバストアップが映されている。その画面を、向き合った三人掛けのソファに座って観ている六人とは別に、ソファの後ろの駒野（こまの）しおりは壁に寄りかかって立っている。

　社長室兼応接室では今日の午前にオンエアされた『スーパーワイドプラス』の番組録画を観ている。制作会社側のプロデューサーを務め、総合演出も兼ねる社長の田沼（たぬま）

をはじめ、各曜日ディレクターらが参加。しおりは飲み物を運んだだけだが、「観ていけば？」と唯一の女性スタッフのチーフＡＤの安田由美に言われ、面接の日から三ヵ月間近く経って初めて、録画を観ながらの打ち合わせに参加した。沈黙が漂う重い空気に緊張気味だった。

「で、ですが、これまでのヨーロッパの被害状況を見ますと、感染力は非常に強いようですが、二〇〇二年のＳＡＲＳほどの致死性は、ないかもしれません。例えば、感染症としてよく知られているインフルエンザも例年、世界中でおよそ二十九万人から六十万人が亡くなり、日本も直接死が三千人、間接死を入れて約一万人が、一年間で死亡し……」

「覇気のない声ですね」

ソファで脚を組んで座っている火曜ディレクターの石井拓郎がクールな口調で言う。

いつもなら社長の田沼が「出ていただいている専門家にそんなこと言うなよ」と叱るはずだが、何も言わない。がたいが大きい角刈りの田沼は社長の椅子にふんぞり返り、椅子を左右に軽く動かして巨体を揺らしながら無言で画面を凝視している。しかめっ面の時は、映っている出演者をもう起用したくないという合図かもしれない、と壁際に立っているしおりは思った。

ひとりだけ立っているのは下っ端だからで、二つのソファに空きがないからだが、本当の理由は壁に寄りかかると仮眠をとるようにさりげなく休めるからだ。この三日間、満足に寝ていない。

「し、新型コロナウイルスは……新型、というわけですから、旧型があるわけです。少し国語力のある方ならわかると思いますが。ハハハ」

猪俣孟（いのまたはじめ）先生がとっさに笑いかけたので、カメラはMC位置に立つベテラン局アナ西川博（にしかわひろし）と昨年にモデルからキャスターに転向した泉（いずみ）マヤに切り替わり、ふたりは揃って苦笑いした。〝さっさと話し終えろ〟的なオーラを発した、と社長室で観ているスタッフの全員が感じ取ったと、しおりは理解できた。

「武漢（ぶかん）の位置の地図をパネルで見せなくて良かったですかね」と安田由美がはっきりした口調で他のスタッフに聞く。

ウトウトしかけていたしおりは「あ、すみません！」と声を上げてしまった。

「パネル発注、聞いてませんでした！」

だがソファの六人はテレビとは反対の壁際のしおりをチラッと見ただけで、リアクションはなかった。

「発注しなかったってば」と安田由美だけが呆れて答えた。

「そ、そうでしたね。すみません。ゆみ先輩」

フォローしてくれた安田に会釈する。しおりは女性ながら男の先輩たちに的確に意見を言い、自分に仕事を教えてくれるチーフＡＤの安田を〝ゆみ先輩〟と慕っている。強面の田沼社長はじめやさしさが感じられない業界の男ばかりの中で相談できる唯一の味方のような存在だ。ショートカットの髪できびきびと働くゆみ先輩のように仕事ができる女性になりたい。

「武漢てどこ？」と全曜日統括のチーフディレクター兼月曜担当の小杉がソファの全員に質問を振った。が、誰もが無視して画面を見たまま。

「ま、伝える必要ないか」と小杉が独り言のように言う。

「旧型コロナは、ですね、風邪のウイルスでして四種類ありまして、風邪の患者が病院の検査でインフルエンザではなかったら、コロナの場合があるのですが、インフルエンザほど重症化しないものです。同じコロナのＳＡＲＳが誕生するまで……」

突然、録画が消された。

「来週頭の冒頭特集は何をやりますか？」とディレクターの中で最も若い三十歳の石井拓郎が振り向き、田沼に問いかける。「さしあたりはこの、新型コロナウイルスか、予定通り森友学園の理事長の懲役言い渡しか。ゴーンはもうやらないですよね？」

「他には？」

「ありますよ！」と小杉が石井をさえぎって調子よく言う。「『春休みのオシャレスイーツ』が編集済みですので。春休みに向けて若い視聴者を引き込むためにもいいでしょう」

四十歳手前のチーフDの小杉はわかりやすいくらい田沼社長をヨイショする。栄養状態が悪いのかカマキリみたいに痩せていて、常に目を細めて田沼に接する態度が軽薄なテレビマン的で、しおりは苦手だった。自分のミスをゆみ先輩やしおりたち部下の女性のせいにするのも納得できない。

「ニュースよりいいかもしれません。僕が編集した今週の『潰れそうなタピオカキッチンカーを救え』も視聴者に反応ありましたし」

水曜ディレクターの山辺がテーブル上の自前のノートパソコンを見たまま言う。番組のエゴサーチなど常に番組データ調査に余念がない。オタク風ではなく不精ヒゲに長髪はミュージシャン風で、以前はミュージックビデオ会社に勤務していて、しおりはゆみ先輩から「編集センスは高い」と聞いていた。

「では月曜は冒頭にグルメ持ってきましょう！」

小杉の話の途中で、「いや」と社長の机から低い声がした。みなが静止し、そちらに目を向けた。

「こっちをやろう」

田沼がまじめな口調で呟く。リモコンを机に置くとアゴに手を当て、画面を凝視する。画面はテレビに替えられていて、オンエア中の夕方のニュースが映っている。しおりもその巨大客船が港に停泊している画を、眠い目をこすって見つめた。

〝ダイヤモンド・プリンセス号　乗客隔離〟とテロップに出ている。

「Vを局に届けてこい」と小杉から渡された、番組で使う素材VTRが入ったケースを自分のスポーツバッグに入れ、しおりは会社を出て駅までの道を歩く。

ブランコなど遊具がある小さい公園の横を通ると、母親に連れられた幼児や大勢の子供が元気に遊んでいる。「あははは！」「わー！」と大口を開けた子供たちの笑い声や奇声が、夕暮れのオレンジに包まれゆく街に響く。

しおりは公園脇の細い歩道を通る短い時間が好きだった。慌ただしく局やスタジオや制作会社を行き来する多忙な日々で、ひとときの安らぎを与えてくれるからだ。

その時はまだ、人々が笑い合う温かな光景が消滅するとは考えもしなかった。

テレビ局　エレベーター

テレビ局の上階までいくエレベーターは、電車内と同様に仮眠をとる限られた空間だ。

胸の前でバッグを抱えたしおりは壁に背中をつけて目を閉じ、三ヵ月前へと意識をワープさせた……。

大学時代にジャーナリストを志したしおりは、新聞記者よりもニュース映像に興味が湧いていた。イラクを攻撃する米軍の映像があまりに衝撃だったのだ。初めてユーチューブで観て以来、二〇〇一年の同時多発テロからアフガニスタンへの攻撃にいたるあらゆる映像を観まくり、テロリストを生む近代史を勉強した。論文では教授から「良くできました」と誉められながらも「その程度の洞察でドキュメンタリー映像を作るクリエイターになれるかな？」と苦言を頂いた。

大手テレビ局の記者には合格せず、就職浪人が半年続いた。その間もテレビ報道に携わりたい意志は膨らみ、とにかくテレビ制作の現場に潜り込む方法を模索した。フリーの記者を務める大学の先輩から「一度、遊びに来てもいいって」とe－ボックス・オフィスを教えてもらえた。

「小さい会社だし、主にバラエティーを制作していたらしいけど、いいの？」

「そ、そんな、入れるならどこでもかまいません！」と答えて、出向いた。

期待に胸を弾ませていたのに、麴町にある古い雑居ビルの五階のオフィスに入った瞬間の第一印象は「汚い」だった。教室一つ分より小さめのスペースは日当たりが悪く、リノリウムの床にほこりが目立ち、各自の机の上にはＤＶＤや新聞や資料が雑に置かれ、スタミナドリンクやポカリスエットの空ビン、空缶が机や端のソファ脇に転がっていて、明らかにカップ麺の空き容器とわかる臭いが充満していた。机が十数個並ぶが五人ほどしかいず、そのうち二人は机に突っ伏して寝ているようだ。

「すみません」と声を発しても、ドア付近で立ち尽くすしおりを気にする者はいなかった。ドア付近の机の上に積まれた辞典くらいの厚みのケースの山が倒れてしおりの足下に迫っても、それを拾う青白い顔の二十代の男はしおりを気にしなかった。ケースに貼られたシールには「ロケＶ」とか日付が書かれてあった。

奥の扉が開いて、社長の田沼が手招きした。グレイのジャケットは突き出た腹のせいで閉じられないようでだらしなく開き、白髪混じりの角刈りは五十代らしかった。
社長室兼応接室に入ってから驚いたことは二つ。一つは「失礼します！」と深々と挨拶(あいさつ)したしおりをソファに座るように促した田沼が向かいのソファにゴロンと横になったこと。もう一つは女性スタッフが入ってきてしおりの前に置いた飲み物が紙コップに入った水だったこと。

「制作やりたいのか？」と田沼は、ソファに頬杖(ほおづえ)をついて威圧するダミ声で言った。
大学の先輩から「遊びに来てもいい」とは聞かされていたものの一種の面接と考えていたしおりは、この態度は何だろう？　と不思議だった。憧れのテレビ業界の人はこういうものなのか？

先輩いわく、大手テレビ局員を辞めた三年前に、自分の名の田沼〝英二(えいじ)〟の頭文字を付けたｅ－ボックス・オフィスを立上げたが、唯一のレギュラーの千葉と茨城のトレンドスポットで働く人を紹介する関東ローカル『ちばらき民々(みんみん)！』が終了し、倒産の危機にあるという。しかし二〇一九年に企画が通ったキー局のゴールデンタイム特番『衝撃映像ドット５００連発コム！』が高視聴率だった成果で、同局の平日午前『スーパーワイド』が『スーパーワイドプラス』へリニューアルする際に制作に抜擢(ばってき)された。元々田沼がその局の社員だったことが大きかったらしい。

「はい！『スーパーワイドプラス』のような番組作りに携わりたいです！　特にトピックスとかに興味あります。本当は報道です……やりたいことは海外の紛争で……」

田沼社長の機嫌を損なわないように、少しずつ自分のやりたい方向に持っていき、

「自分なりの企画書もあります」と急いでバッグからコピー用紙を出しながら早口で話した。ニュースで時折報じられるイスラム国の実情に始まり、タリバンとアフガニスタン政府軍の対立について手短に説明した。

「だから私としては、元々テロリストを生み出したアメリカが政府軍とタリバンの紛争に関与している中で市民が犠牲になっている現状を、視聴者に伝えたいんです！」

しおりのその問いに対する田沼の答えは、「君、ジーパンが似合うね」だった。

「こんなこと言われたって他のヤツに言わんでくれよ。がはは」となぜか高笑いした。「ちょうど十二月から人手が欲しいところだったからＡＤとして現場に行ってもらおう。未経験だし契約社員でどうかな？　帰れない夜は会社で寝ていいぞ。現場では明るく元気よく。出演者に頼まれたことは迅速に。やっちゃいけないことはタレントさんと仲良くすること。コンプライアンスがうるさいから。仕事内容は他言無用。ＳＮＳはやるな」

しおりは、ジーンズが仕事とどう関係するのかわからず、丸メガネの奥で瞬（まばた）きを繰り返して動揺を隠しながら、田沼の説明を聞いていた。こんなにあっさり採用でいいのか？　という疑問を押しのけ、ケイヤクシャイン……という言葉がリフレインしている。

「契約社員でけっこうです！　ありがとうございます」

面接と遊びにきたことの両方を意識して下はジーンズ、上はジャケットが成功したのかも、と思った。とにかく夢に向かう第一歩を踏み出せた。のちにゆみ先輩から聞かされた話では、e-ボックスは十七名のうち十一名が契約社員だった。

マンガ喫茶

局に届けものをして会社に戻ってからは編集作業につきあったり発注するパネルのレイアウト作りに取り組んでいたので、いつものように十二時を過ぎ、会社近くのマンガ喫茶に泊まることにした。

しおりは川崎（かわさき）市のワンルームに住んでいるが、都内住まいであってもタクシー代が貰えるわけではないので帰宅できるのは週に二～三日だ。平日は早朝に局入りが命じられているし、土日共にロケがあれば帰宅するより社内に泊まったほうが睡眠がとれるが、男性社員が複数寝ているので主にマンガ喫茶に泊まる。シャワーが空いたので入り、狭い空間で明日にやらなければならない業務を整理する。

リクライニング個室しか空いてなかったので横になることは出来ず、古びたスポーツバッグから出したお泊まりグッズのスエットに穿き替える。下着の代えはもうない。裏表作戦に出るかしばらく悩み、いったん脱ぐ気力がないのでそのままにした。洗った髪をポニーテールにまとめながら百均の財布の所持金を確認。三千二百円ほど。明後日の給料日までマンガ喫茶もひかえないと……。

「私の時給っていくらだ？」と突然思いつき、リクライニングシートに仰向け(あおむ)になって目を閉じて計算した。

「手取り十一万八千円で、月から金に土日ロケがあるとして月の休みが一日か二日……」

だんだん眠気に襲われたが、割り算に入った直後に目を見開き、「二百九十円？」と思わず声が出た。板切れ一枚の隣からは男のいびきが聞こえるが、泊まり馴(な)れているのですでに気にならない精神状態だ。オナニーしている物音はよりましだった。

「十一万八千円を二十七日で一日平均十五時間働いたら……二百九十一円くらい？」と自問する。十時間労働の日もたまにあるから三百円はいくよ、ははは。

一畳分の広さには不釣合いの巨大なテレビモニターをつけてユーチューブでアフガニスタンの動画を観る。今ではテロリストだろうが政府の軍だろうが率先して戦場の動画を投稿している時代だ。トラックで自爆に向かう動画もある。

「こんなニュースを任される日が来るまで、今は我慢してがんばろう」と決めた。

廃虚と化した街を上空から捉える動画は、両脇に元は建物だった瓦礫の塊が並ぶ。そのおかげで、瓦礫の間の砂利道が一本の奇麗な線に見える。

私のしている仕事がジャーナリストとして現地を取材する道につながる日はくるのだろうか、とふと不安になった。明日は朝一に『熊ちゃんカフェラテアート』企画のコーヒー店の取材許可を取らなければ……、と思い出した直後に眠りに落ちた。

三月　e－ボックス・オフィス

暖かい日が増える季節になったある夜だった。

渋谷駅で乗り継ぎのために人混みを抜けるしおりを、業務用のスマホの音が呼び止めた。

「はい、駒野」

「集合かかった。今電車？」と、ゆみ先輩が早口で聞く。

「いや……その、渋谷駅です」

正直に答えた瞬間、しまった、と後悔した。

「じゃ戻ってきて。緊急の打ち合わせらしい。パネル発注の話も出るだろうし」

「あの、私、また三日、家に帰ってなくて……」

「何やらヤバイ話もあるってよ」

そこで通話は切られた。今日こそ部屋でゆっくり寝られると思っていたのに……、と心で呟き、振り返って再び地下鉄のホームへと向かった。

「戻りました！」と社長室兼応接室の扉を開けると、田沼がいつものがなり声でしゃべっていた。参加しているスタッフは五人のディレクターとゆみ先輩。他の現場スタッフは帰宅したか編集作業かセットの仕込みでいないようだ。社長机の上の時計は十一時を過ぎている。

今日もマンガ喫茶で寝る羽目になるのか……、と落胆していたしおりの耳に「４パーとれるネタが他にあるか？」と田沼のひときわ大きな声が届いた。

しおりの横に立つ壁際のゆみ先輩の「数字を巻き返さないと降ろされるって」という小声と、田沼の話を合わせて考えると、先週の平均視聴率2・2％に局側がご立腹であり、三月中に週平均で1ポイントアップか、一日でも4％に上げる日が欲しいとのこと。無理なら四月以降、制作会社の差し替えもあると。

番組はｅ－ボックスが二時間枠のうちニュースやトピックスや特集の前半一時間半近くをうけおい、残りの通販コーナーは別の制作会社に委託されていて、その制作会社が全編を制作する体制に差し替えたいという意向が局の一部にはあるという。だから差し替えは番組のフォーマットを変える時期に限らず可能だった。

「ヤバイんですか？」としおりは小声で返したが、ゆみ先輩は反応せず、男性スタッフの会話に注目している。

「だからコロナをもっと扱いたいと。でも裏でもやってますからね。『モースタ』が特に」と石井拓郎が冷静に言う。

略して『モースタ』と親しまれている『モーニングスタジオ』は同時間帯で民放トップの視聴率を保ち、〝朝の最強ワイド〟と呼ばれている。

「視聴習慣がある『モースタ』と同じことをやってもうちは伸びません。同じこともやれないですし」

うちの会社は『モースタ』と違って予算が少ないという意味が込められていると全員がわかり、しおりとしかめっ面の田沼以外の者は低い笑い声を発した。

いかにも拓郎さんらしい意見だとしおりは感心し、頷いた。しおりは、いつも冷静に判断する石井拓郎を信頼している。曜日Dの中で一番若いのにいつも上司にズバッと切り込むからだ。横分けの黒髪は文学青年といった印象なのも、何となく好みで、心の中では「拓郎さん」と呼んでいる。

「渡辺総理と大坪都知事が東京オリンピックにこだわって欧米のようなロックダウンを渋ってるだろうが」と田沼が怒った口調で返す。「そこを政権批判に使って展開すりゃいい」

「それも『モースタ』がやり始めて……」

拓郎の反論を、小杉が「やる価値はある！」と遮った。

「今は動物園から逃げた猿とか、若者向けのスイーツやっても仕方ない。社長の言う通りコロナを大きく取り上げましょう！」

またも小杉チーフはカマキリみたいな目で田沼をヨイショした、としおりはすぐわかった。他の人たちも顔に出さないがわかっているようだ、と思った。この前まで自分がスイーツをやりたがっていたのに……。

「やるにしても大学病院の先生に解説してもらうだけだと毎日は画が持ちません」と水曜Dの山辺はアゴヒゲをさすって言いながらも、目線は持参したノートパソコンを見ている。「素材Vもプリンセス号と屋形船の他に目新しさが乏しいです」

「ありものを手配だ。局のニュースでたらい回しに使っている、イタリアとかの病院で看護師が混乱してる画あるだろ。それから明日はトイレットペーパーが品薄の画をとってこい」

「まだやるんですか？」というゆみ先輩の呟きが聞こえなかったのか、田沼は「スーパーでもコンビニでもいいから探せ。そこ、わかったな！」と語気を強めた。

急に指さされたしおりは「は、はい！」と裏返った変な大声が出た。が、誰もが眠いのかリアクションする者はいなかった。

「小中学校が休校になったから、多少の数字は上がるだろう」

田沼のその一言でやっと場が和むような笑いが漏れた。だがすぐ緊迫させる低いトーンで「笑い事じゃないんだよ」と田沼がすごんだ。

「局からうちが切られたら、君らの契約も切れるんだよ」

笑う者はいなかった。

スタジオ生本番

フロアのカメラ横に立つチーフADのゆみ先輩がカウントダウンする。

「5、4、3、2……」

モニターに映る渋谷の街に〝スーパーワイドプラス〟と横に文字が被ると、外国人女性の英語のアクセントが効いた「スーパーワイド!」と声が響く。続いてエコーがかかった小声。プラスプラスプラスプラスプラス……。

ゆみ先輩がキューを出し、カメラがMC席に立つ男女を寄りで捉える。

「気になる情報からニュースまでスーパーワイドにお届けするスーパーワイドプラス」と元モデルのキャスター泉マヤが早口で言い、六十代半ばの局アナ西川と共に

「西川です」「泉マヤです」とお辞儀する。

「今日はまずトイレットペーパーに続きマスクがまさかの品切れのニュース。VTRと、政府の会見の模様から」

〝いまなおトイレットペーパー品切れ続出ナゼ!?〟とテロップが出て同じ文言(もんごん)の低音のナレーションが入り、コンビニやスーパーの陳列棚が空っぽの映像が続く。

その画は二日前、須藤という二十代半ばで坊ちゃん刈りの頭で常に着古したパーカー姿のロケDについていった時に撮影した映像だが、トイレットペーパーが揃っているスーパーが多くて品薄店舗を探すのに手間取った。最終的には五つくらいしかロールが残っていない店を見つけ、トイレットペーパーが一つも映らない角度から撮影した。須藤は「ト、トレペをどけているわけじゃないから、これは嘘じゃない」と言い、しおりは疑問を持ったが、まだAD経験が四ヵ月目だし、眠気と翌日までに素材Vを揃える使命感で言い返さなかった。

その後〝マスク品切れ店も続出!?〟とドラッグストアに人が並ぶ映像に変わった後、マスク買い溜めを注意勧告する政府会見の模様に続き、画はスタジオに戻った。

西川が話をレギュラーコメンテーターのひとりに振る。

「ズバット解説でおなじみのズバリンこと菅沼伸吾さん。いかがですか」

白髪をオールバックにしているスーツ姿の菅沼の下にテロップで〝政治評論家〟と出る。

「トイレットペーパーはマスクと違って中国産じゃないから品切れにならないってことを政府は早くからズバッと言わないと！　総理の突然の休校宣言といい、何やってるんだ！」

「ズバット解説にはまだ早いから。菅沼さん落ち着いて。血圧上がるから」と西川がなだめると、しおりたちフロアのスタッフがわざとらしく「ははは」と笑った。

「菅沼さんの『ズバリン・ズバット解説』は四十五分からです」と泉マヤが巧みに仕切り、「続いては『最新トレンド　スイーツスポット』」と、スポットと言うところでカメラに片手を差し出した。

　VTRの間、しおりは次のコーナーのパネルを大道具係と運ぶ。しおりは毎日生(なま)本番で働くが、基本的には雑用係だ。出演者の立ち位置をガムテープで場みりしたり、CM中に小道具の出し入れや飲み物を渡したり受け取ったりする。頭に装着しているインカムから「フリップの角度直せ！」など注意を受けることは日々減っている。

　CM、ニュースダイジェスト、CMの後、長い尺の特集コーナーになり〝欧米を襲うコロナ　ついに日本来襲！〟とテロップが出て、イタリアとアメリカの医療現場の映像が連続で映る。看護師や医師がコロナ患者を載せたストレッチャーを押して緊急治療室に運ぶ映像。

　スタジオに戻り、「先月何度もスタジオにお越しいただいた山川(やまかわ)大学病院の猪俣先生からこのようなお話が届いております」と西川が手に持った紙を読む。

「『コロナは感染力の強さから考えて日本でもすぐに広まるでしょう』とのこと。やはりヨーロッパ並みの被害になるのでしょうかねえ」

しおりは一瞬、静止した。猪俣先生は病理学から免疫学まで幅広く研究されてきた教授だが、テレビ映りが冴えないことと喋り方がもっさりしていて聞きづらいことで今回は拓郎が取材に出向き、コメントのみの紹介となった。立ち会ったしおりは、新型コロナは主に高齢者の重症化が言われているが、感染力は強くてもSARSほどの致死性ではないことがデータからわかってきている、旧型コロナに対する免疫のおかげかはまだわからないが日本や東アジアは欧米のような多数の死亡者は出ないのではないか、とも言った。が、そのような話は番組では一切紹介されなかった。コメントはあまりに短絡的だ。チーフの小杉さんがカットしたのか？　それとも誰が……。

「ここからは村田クリニックの医院長であります村田先生にお聞きします」

「コロナはスペイン風邪のように百年に一度のウイルスで、何が起こるかわからない未知のウイルス。日本も先ほどの映像のイタリアのようになる可能性が高い。なると言っていい。とにかく他人との接触を避けるのが一番」

その後、映像は〝ライブハウスが感染源!?　若者たちは今！〟に切り替わった。

しおりの頭に、番組直前の場面がよみがえる……。

本番前はスタジオの準備に追われるしおりが、腰のポーチに入れ忘れたガムテープを取りにサブという副調整室に上がった時だ。ディレクターやタイムキーパーらがカメラ台数分のテレビモニターが並ぶ前に一列に座っていて、その背後のテーブルでは田沼がいつもと違うやわらかい物腰で、レギュラーコメンテーターの菅沼とゲストの村田医師に話していた。

「電話での打ち合わせでも申しましたが、インフルエンザには一切触れないでお願いします」「できれば〝新型〟とか〝ウイルス〟を取ってコロナという名称で統一したい。たまに使う分にはいいかと」「高齢者が亡くなることも極力触れないでいきましょう。イタリアの医療現場の映像は救急患者の顔がぼかされてるので、老人が多くても気づかれないですから……」

今、スタジオで出演者が観ているモニターの映像は狭いライブハウスで密集して絶叫する若者たち。画面の右下に小さく〝イメージです〟とテロップが出ているが、ごく最近の映像に見えるとしおりは思った。

MCも菅沼も村田医師も、画がいつの日のものなのかには触れず、「こういう若者の密集状態から広まるのではないか?」「ライブハウス自体が悪いわけじゃない。密集していることがよくない」「マスクも手に入らず怯（おび）えている人がいる」と言い合った。

「怯えてる、そう、今これを観ている……たとえば私のような高齢者とか！」

菅沼が初めて「高齢者」という単語を出して、スタジオの空気が一瞬変わった。

が、西川が「コロナは高齢者が重症化するんですものねえ」と軽い言い方で話をまとめた。

フロアのカメラ横に立つしおりは何かいつもと違う雰囲気を感じた。それが何なのかわからなかった。

e－ボックス・オフィス

「4パーいったぞ」

オフィス内で小杉がスマホ片手に声を上げた。今、局から知らせがきたのだろうとしおりはわかった。

「ま、3・9％だけどな」とカマキリみたいに目を細めて苦笑いを浮かべた。

「小杉さんて本当に手柄を自分のものにしたい人だよね」

拓郎が自分の席の後ろに立っているしおりに呟き、呆(あき)れ顔を向けた。

「はあ、そうですね……」としおりは答えつつ、間近で拓郎のクールな目線に縛られ、胸が高鳴ってしまった。

コロナを中心に番組作りを始めた三月最初の週の平均視聴率が、局の要望をほぼクリアしたことに誰もが安堵していた。だが他局も微増していて、コロナの情報と休校による影響が要因で全体視聴率が上がっているとわかっていた。

社長室の扉が開き、田沼が「駒野」としおりを手招きした。

「は、はい」とイヤな予感を抱きながら、社長室へ向かった。

「来週でいいから、人混みのVを撮ってくれ」

田沼は社長のイスに座っている。ここで威張った態度で若い契約社員を呼び出しては説教する。しおりはその回数が多いし、説教だけではない、と最近思っている。

「あ、はい」と立ったまま答えるしおり。「ロケDの須藤さんとですか?」

「須藤は地方ロケがあるから。しおりんだけで行ってくれよ」

イヤな予感は的中した。田沼はふたりきりの時は「しおりん」と気安く呼ぶ。

三ヵ月前にe-ボックスに入り、初めて社長室で打ち合わせと称してふたりきりになった際には「しおりんはお尻がクイッと上がってるな」と言われた。

「は?」と目を見開くしおりに、「ガハハ。こんなこと言ったなんて人に言うなよ〜!」と面接の時よりも大げさに笑った。

「だけどしおりんは小柄なのにジーパンだとお尻がセクシーじゃないか。黒いカラージーンズはＡＤ女子の必須アイテムだが、たいてい貧乏臭い着こなしなのにしおりんみたいなかわいこちゃんは目を引くね」

死語だらけの話に、しおりの中で田沼のあだ名が〝昭和業界人〟となった。夜になると缶ビールをスタッフに買ってこさせ、フロアのソファで酔うと「俺はゴルフでレッスンプロといい勝負するぜ」と同じ自慢話が始まる。

「しおりん、ひとりで行ってくれ」

「私だけ、ですか？」

「アーケードの商店街で人が群れてる瞬間を。短いＶのロケは何度もやってるんだから、もうカメラさんと行けるだろ。音声なしの人混みの画だけだから。人がウジャウジャいる瞬間を頼むぞ」

言葉だけだと的確に指示する上司なのだが、田沼の目線の高さにあるしおりの腰あたりを凝視していた。

なぜか突然シリアスな口調になった。

「今後、君が作りたい企画、撮りたい映像を撮るための第一歩だと考えればいい。しおりんは将来は海外のニュースをやりたいんだよな。現地の、シリアスな画を」

「は、はい……」

ぎこちない雰囲気を破ってドアがノックされ、開いたドアから拓郎が半身を覗かせた。

拓郎さんのおかげで助かった、としおりは思った。

「『3 1 1震災から十年目の一週間を追った』を特集に持ってくる日に『ゆうこりん離婚危機』もやりますよね？　オープニングがいつもコロナでは飽きられますから、冒頭には二つのどちらかを持ってきますか？」

田沼は社長の机に両肘を突き、神に祈るように両手を顔の前でグッと握り、まじめな表情で三秒考えこんだ。私にカッコいいところを見せたいのか？　としおりは気味悪くなった。

気づかれずに出ていこうとした時だった。

「冒頭は……ゆうこりん」と低く呟く田沼の声が聞こえた。

都内　商店街

池袋に近いその街は下町の雰囲気が残る。

駅から少し離れた大きなアーケードの前のバス通りに、しおりと、白髪をキャップで隠したジーパン姿の中年男がぽつんと立っている。

「まだ午前中とはいえ、思ったより人通りがねえなあ」とカメラマンの石川が呟き、三脚の上のテレビカメラを再び覗く。『スーパーワイドプラス』を担当している技術会社『協同ビジョン』のベテランカメラマンだ。

初のロケDデビューだ、としおりは制作側が自分一人であることに緊張と意欲が入り混じっていた。

集合時間の十時にこの交差点で「駒野です！　いつもお世話になってます。今日は私ひとりなんです！」と元気にお辞儀すると、石川は爪楊枝をくわえたまま「あいよ。どうせ画だけで一分も使わないんだろ」といつものそっ気ない調子で答えた。口からは微かに牛丼の臭いがした。

田沼の指示は人でごった返すアーケード商店街の画だ。「テロップで〝感染拡大危機に止まらぬ人！　人！　人！〟と出すから」と言われた。

アーケードのほとんどの店が開いた時刻を過ぎても人通りは数えるほどで、八割はマスクをしている。

「やっぱり警戒して外出をひかえているんですね。でもいい画を撮らないと！」

やる気満々のしおりだが、その独り言は春とは思えない冷たい風に紛れた。

仕事で移動中のサラリーマンや学校に向かう大学生がしおりの前をすれ違う。三ヵ月前、初めてロケに立ち会った際、通行人の誰もがカメラをまったく気にしないか、避けて通る人ばかりであることに少なからず驚いた。一度は若手芸人が派手なスーツで屋台のクレープ店で絶叫レポートをしているのに、誰もに無視された。しかし自分も上京した大学生の頃は渋谷でテレビのロケを見かけても避けて歩いていたので、「こんなもんなのかな」と納得もしていた。

ロケはカメラがあるからまだいい、とつくづく思えた。閑散とした人通りを眺めながら、しおりは無理な注文を指示され、街の人通りを這い回った日々を回想していた……。

「今日中に、UFOを観たことある人を街中で十人探して」とチーフDの小杉にぶっきらぼうに指示された日がよぎる。

「は？」

「は？　じゃなくて。渋谷かどっかで探してこいよ」

番組で必要なのだろうと、渋谷のスクランブル交差点で信号待ちしている人に「すみません！『スーパーワイドプラス』という番組ですけど、UFO観たことありますか？」とひとりひとりに聞いて回った。二時間くらいで百人以上に尋ね、不思議にも三人の男性が見つかった。三人の連絡先を尋ね、番組で採用する場合は連絡しますと付け加えた。三人とも嘘を吐いている気がしたが、気にする時間の余裕はなかった。

「DV被害に遭った女性を探してこい」「同性愛者を十人見つけて取材許可取って」

「女子高生三十人の所持金をスマホで撮影してこい」

理不尽な注文に思えるがこれもディレクターになるまでの試練と捉え、繁華街を這いずり回った。オタクっぽい若い男とおじさんのサラリーマンは立ち止まってくれる確率が高かった。その三分の一はしおりの説明を聞く間、ジーンズ姿のしおりの尻あたりを見ていた。社長の田沼が自分を雇った理由が何となくわかった気がした。

「しゃあない。成人式方式で撮るか」

カメラの石川が投げやりに言い、しゃがんで用具バッグをいじり始めた。三時間立ちっぱなしのしおりは閑散としているアーケードから視線を外し、「成人式……方式」と、バッグからレンズを取り出した石川を見下ろした。

「新人くんは知らないのかなあ。このレンズを付けると人が膨らんで撮れるんだよ～」と幼稚園児に教えるような口調で言い、先端にレンズを装着したカメラを覗くと、馴れた手つきで三脚からカメラを持ち上げて即座に担いだ。

「ちょっと揺らすか」と時折カメラを左右に揺らした。

「〝荒れる成人式！〟とか特集やるだろ？　現場行っても新成人たちが暴れてないと、このレンズで四人くらいが路上で酒飲んで踊ってる画を撮れば体が膨らんで大人数に見える。ま、缶ビールもスタッフが渡して『ちょっと乱れて踊ってよ』とか頼むのは露骨だよなあ」

ははは、とカメラを覗きながら口の端だけ曲げた時、また牛丼の臭いが漂った。いいんだろうか？　としおりは不安になった。

人はまったく増えず、数人の主婦らしき女性がアーケードの入り口あたりを歩いていた。

スタジオ生本番

〝東京　緊急事態宣言いつ？　アーケードには人混みも!?〟
三日後の生本番ではイタリアの医療崩壊の映像に続いて、しおりが初めてロケDを務めた映像が流れるはずだった。その映像をしおりは一度見たが、確かに数人しか映っていないのに膨張した人体の連なりは画面の半分を占め、しかもモノクロに静止した画にすると密集して見えた。最初しおりは「おお！」と編集ルームで見た画に歓喜したが、これはやっていいことかという疑問も持った。

その疑問は、自分がひとりで立ち会った映像が全国に生放送される興奮に打ち消されていた。モニターに映像が映ると、すぐに別の疑問が生まれた。

〝都内某所のアーケードは人まみれ〟とおどろおどろしい低音のナレーションと同時に映し出された映像は、似たようなアーケードではあるが自分がロケをした商店街とは違うとわかった。少し上から撮っているせいでアーケードの奥まで捉えられて、百人近い人が映り、全員の顔のひとつひとつに細かくボカシが入れてある。

「な、なぜ……」としおりは思わず声が漏れた。

「これだけ密集していると集団感染はまぬがれない」とMCの西川が話を振ると、曜日コメンテーターの四十代の美人政治評論家の千葉まゆが神妙な目をして「これはもうですね、渡辺総理の責任は重いわけですよ」と言う。

インカムから「『話を政治に広げる』のカンペ出せ」と声が届いても、スケッチブックを片手に下げているしおりは立ち尽くしているだけで、しばらく応答できずにいた。

e-ボックス・オフィス

事件は翌日に発覚した。本当は当日の夜にはネット上で広まっていた。

「誰だ、消し忘れたやつは！」

生本番後の午後、オフィスに戻るなり田沼社長が叫んだ。今やほとんどのスタッフがこの問題を知っていたので、居合わせた十名ほどは驚くことなく、田沼を見上げもせず座ったままだった。

しおりだけは、ことの詳細をまだ知らずにいた。ゆみ先輩が「うちら終わったなあ」と机に頬杖をついて溜め息をつくのを見て、しおりが「映像の差し替えが視聴者にバレるわけないですよね？　でも仮にバレてもかまわない……」と尋ねた時に田沼が戻ってきたのだ。

「消し忘れたの誰だって言ってるんだよ。差し替えたのおまえだろ、小杉！」

端のソファに座っていたチーフDの小杉に、田沼は鋭い目を向けた。

「違いますよ社長！　僕はただ映像を差し替えただけで、全員の顔を消すように山辺に指示しましたよ！」

しおりが小声でゆみ先輩に「消し忘れっていったい……」と聞くと、ゆみ先輩は「しっ」と遮った。

田沼は青白い表情の山辺を発見すると近づき、山辺の机上の開いているパソコンを覗き、フロアの全員に向かって叫ぶ。

「おまえらもこっちでこれを見ろ！」

何人かがやれやれという感じで近づく。しおりも机上のパソコンに近づき、男たちの肩越しから覗き見る。画面にはツイッターが映っている。（ウイング王子）という人のツイートには番組で使った、アーケードに人が百人ほどいる静止画が映る。田沼が人差指をかざした画の後方には、お菓子屋の店頭に置かれた看板のような衝立（ついたて）が映っている。

画の上のツイートの文字は《ホントだ！　バレンタインデー特売って書いてある！（笑）》だった。

「なんで三月下旬にバレンタインチョコ売ってるんだ！」

田沼の怒声が響き、山辺が「小さい文字だから見忘れて……」と頭を抱えた。

証拠写真と化したその画像は様々なリツイートを重ねて数十万に達している。〝＃スーパーワイドプラス　ヤラセ〟がトレンド入りしていた。

「明日の番組冒頭でMCが短く謝罪する。さっき局と話していて、来週四月からの会社の差し替えは無理だが、今のままでは七月期を待たずにうちは降ろされるだろう」

いくぶん冷静になった田沼が話す。

「アングル企画が引き継いで全編やるんですか？」という誰かの問いに即答しなかった。アングル企画は『スーパー……』の後半にやる通販の時間帯を委託されている会社だ。

「ただし、アングルは他の番組も持ってる兼ね合いと人手の問題で七月までは難しい。もし、来週に5％を超えるなら、改編期の十月までうちでもかまわないとは局から言われたがな」

田沼が自嘲の笑みを浮かべた。

「5かよ」と誰かがあざ笑うように言った。「全体視聴率が上がらなきゃありえない」「大地震でも起きない限り無理だな」と冷ややかな声が飛ぶ。

皮肉で提案されたんだ、としおりにもわかった。ということは、契約社員の自分は四月でクビになる。それを誰かに確認できる雰囲気ではなかった。どうせ俺たちは契約切られるんでしょ……という空気だけしかなかった。

やがてそれぞれが各自の仕事を再開させたが、オフィスには辞めさせられる仕事に対する投げやりな雰囲気が充満していた。

淀(よど)んだ空気が変わる瞬間はその日のうちに訪れた。数時間後のことだった。

一日中外出していて、田沼の怒声を免れていた石井拓郎が戻ってきた。

「あれ、みんな何のんびりしてるんですか？」

拓郎はいつもの冷静な物言いで、オフィス全体を見渡した。

みんながいつも以上に覇気がなく見えたんだ、としおりは思った。拓郎さんはまだ知らないんだ……。

「何っていつも通り仕事だろ。クビになるまでの」

小杉のシニカルな物言いに、誰も反応しなかった。

「石井はまだ番組のこと知らないから……」と小杉が言い始めたのを遮り、拓郎は

「小杉チーフこそ知らないんですか？」と呆れ顔で言った。

「何が……」と小杉。

「川原崎源造(かわらざきげんぞう)が、死にました」

その時になってやっとしおり以外の者も顔を上げた。歌舞伎(かぶき)出身で映画までこなす国民的な俳優である川原崎の突然の死のニュースに、しおりは思わず立ち上がった。

死んだんですか……と唖然とした。

だが、周りは無反応だった。誰かが「そこそこ数字はとれそうですけど」と呟いただけだった。一瞬の沈黙の後、拓郎は続けた。

「コロナ感染で」

二秒前とは違う沈黙が訪れた。その沈黙は沈む力よりも湧き上がるエネルギーを秘めていた。空気は波となって瞬く間にオフィス中に広がった。

「いける」

誰かの呟きが、しおりの耳に的確に届いた。小声なのに、力が感じられた。

「これはいけるかもしれない」

小杉が立ち上がった。宙を漂うカマキリのような目は寝不足で充血しているのに精気がみなぎり始めている。

勢いよく社長室の扉が開いた。田沼はずっと経理担当と金の計算をしているはずだった。ゆみ先輩の話では会社の債務整理だろうと。

「明日は煽(あお)れ」と田沼はスマホ片手に言う。「全体視聴率は確実に上がる。5パーいけるかもしれない。『モースタ』に迫る数字を出せば差し替えは避けられる。〝川原崎はコロナで死んだ〟と徹底的にやれ。うちか、局にある川原崎の映像をすぐ探せ！

トークでも何でもいい」

田沼は徐々に語気を強めた。数人が「はい」と慌ただしく動き始めた。「ラストチャンス」「いけるかも」という声が上がる。しおりは唖然としてその光景を見ていた。

「それから川原崎と知り合いで明日出てくれるタレントをピックアップしろ。仕事場でもカメラを行かせますと電話しろ。思い出のコメントだけでもいい。コメントしながら泣いてくれるならなおいい」

また数人が「はい」とスマホやパソコンをせわしなくいじり始める。

「作家に電話して台本差し替え！　パネルはコロナ感染の数字を並べろ。川原崎が感染した飲食店に取材オファー。無理なら検索して店の中の図をパネルで用意。協同ビジョンに連絡入れて渋谷か新宿（しんじゅく）で川原崎が死んだと知って驚く街頭インタビューをすぐ撮ってこい。驚いた後に『原因はコロナです』とマイク向けろ！」

生き返ったようにスタッフが働き始めたオフィスで、しおりは時間が止まったように立ち尽くしていた。人の突然の死を、こんなふうに利用していいのか……。だが十分後の未来の予測もつかないこの世界に、正体のわからない高揚も生まれている。

「そこ、早く行け！」

田沼に指さされたしおりは、「え、あ……私は」としどろもどろになった。

「さっさと協同に連絡入れて向かえ！」

「でも、私は……」

その声は活気を帯びた人々から発せられる空気に流された。しおりに気をとめる者はいない。

周りの動きに呼応するように、椅子に掛けた擦り切れたジャンパーを羽織るしかなかった。そしてスマホで協同ビジョンへ電話をかけながら外に飛び出した。

夜の路上は静まり返っていた。夜だから誰もいないのか、コロナで誰もいないのか……。人気のない道で、しおりは何かを見失う気がした。これから私はどこへ向かうのだろう……。通話しながら暗闇の道を小走りに進む。無人の公園からカラスの鳴く声が聞こえる。

二章（第二波）　宴のあとで

二〇二〇年七月　スタジオ生本番

渋谷の街に〝スーパーワイドプラス〟と横に文字が被り、「スーパーワイド！　プラスプラスプラスプラス……」と女性の声がエコーと共に小さくなる。

今日はいつもと違い、タイトル後に特集をテロップで出し、VTRから始まるフォーマットになっている。

〝都知事選直前ウィーク！　大坪知事のコロナ対策は？〟

オープニングBGMにのせて、マスクとスーツの色がお揃いの大坪都知事が会見する模様や、笑顔で都庁を颯爽（さっそう）と歩く姿がダイジェストでモニターに映る。

しおりからカメラ一台を挟んで立つチーフADのゆみ先輩がフロアからキューを出

す。

「気になる情報からニュースまでスーパーワイドにお届けするスーパーワイドプラス」とMC席に立つベテラン局アナ西川が早口に言うと、泉マヤと共に「西川です」「泉マヤです」とお辞儀した。

「まずは増加する東京都の感染者数を受けて、政府の会見から」

泉マヤがいつもの無表情で述べると、映像には会見席に座る強ばった顔つきのコロナ対策担当を担う細川（ほそかわ）大臣を映す。

「もう誰も、緊急事態宣言とか、やりたくないんですよ！」

何度観てもキレ気味だ、とカンペ用のスケッチブック片手に立つしおりは思った。e-ボックス・オフィスでのミーティングでこの映像を見た際に、ゆみ先輩が「都知事と渡辺総理の板挟みの中間管理職の悲哀だなあ」と呟いた一言を思い返した。

「やりたくないでしょ！」と五十代の大臣が泣きそうな顔で訴えたが、取材陣は無言だった。

画がスタジオに戻り、西川が「菅沼さんいかがですか」と全曜日通しレギュラーの六十代の政治評論家を指名する。

「大臣は経済を危惧しているんでしょうが、感染が一波とは比べものにならないくらい増えてるんだから、緊急事態宣言を求める大坪さんのほうが危機感がある！」といつものように捲し立てた。

「その大坪都知事が感染源に挙げた〝夜の街〟の状況は？」と西川に話を振られた泉マヤは「取材スタッフが週末の歌舞伎町を追いました」とカメラ目線で告げた。

歌舞伎町の全景の画に被せて〝ホスト寮でクラスター!?〟とテロップが出た後、映像はホストクラブの店内に変わったが、左隅に小さく〝※イメージ〟とテロップ入りだ。最近に取材した映像ではなく、ありもののVTRだった。ホストと女性客の顔を大きくボカシているので、画の半分はピンボケのようなボカシで埋まり、どの店舗か判別できないようになっている。ホストが注ぐシャンパンボトルだけが鮮明に映える。

〝ホストクラブはいつも密！〟と男の低音のナレーション。けたたましい店内音楽と、音声を変換した「一気！　一気！」の声が重なる。

〝眠らない街は無法地帯……〟と怪談話のようなおどろおどろしいナレーションになると、しおりたちが撮影した歌舞伎町の路上に変わった。

顔が赤い丸印で隠されたひとりの若い男が缶ビールを飲みながら歩く映像に、女性の小声が被る。

「酔っ払った男性がマスクを外して飲酒しながらコンビニに近づき……おお、仲間らしき五～六人と合流！　コンビニ前で宴会でしょうか」

私の声だ、とスタジオのしおりはわずかに胸が高鳴った。先週、離れた路上の電柱の陰から隠し撮りするカメラ脇で、しおりが小声でしゃべっていたのだ。隠し撮りしていいのか……と迷いはあったが、同行のカメラマンは「さっさと撮ろうぜ」と投げやりだった。

〝路上でも密……〟とナレーション。次に画面は、昨晩に作成された寮の部屋の見取り図に切り替わる。一間に二段ベッドが二つ並んだ単純な図で、寝ている人物像は楕円の紫色した胴体に頭がついただけのもの。顔の部分に「ホストA」「ホストB」と書いてある。

〝クラスターが発生したホストクラブは感染した四名のうち三名が、店が借りている寮住まい。寮でも密！　まさに3密の生活なのである〟

高齢者たちの歩く足下だけを捉えたありもののVTRをスローで流す映像に替わる。〝知らないうちに高齢者に感染させる可能性〟というナレーションの最中、右上のワイプに映された菅沼が険しい表情をしている。

〝東京アラーム　大坪候補に秘策は！〟と力んだナレーションと同じ文言のテロップ

が左隅に出て、赤く点滅した夜の東京都庁の全景の静止画からCMに入った。

打ち合わせ通りに展開した編集だ、としおりは感心し、すぐにパネルをMC席の背後にセットし始めた。そしてCM中、意識は歌舞伎町のロケに行く直前のミーティングを回想していた……。


（二日前のe‐ボックス・オフィス）


土曜日のミーティングは人数が多いため社長室兼応接室ではなくフロアで行なわれた。構成作家は壁際のソファに、e‐ボックスのスタッフは各自の席にいるが、デスクが与えられていないしおりは、ゆみ先輩の机の前に丸イスを置いて腰掛けている。

「都知事選まではコロナ関連も大坪さん中心でいくから。夜の街を取り上げて、大坪さんの画とワードを使う。そこ徹底な」

田沼が、さっきまで素材Vを流していたテレビモニターと横のホワイトボードを背に、十二名ほどいるスタッフ相手に話す。

しおりは田沼が局からの要請とは言わなくても、口振りで何となく理解できた。

「徹底な」と言う時は局からの要請が多い。プロデュースと総合演出を兼ねる社長の田沼は、局の報道やスポンサー商品に関わる場合「徹底」と念を押す。

しおりは契約社員になってから八ヵ月が経過し、田沼や各曜日ディレクターの早口の指示に戸惑う回数は減っていた。だが同時に、コロナ関連の企画作りには違和感を持つようになっていた。

「ワードは引き続き3密、気の緩み……それから、何だった？」

「感染防止徹底……」と誰かの声が飛んだが、田沼は「それは難しいからいいや」と俯いて呟き、「全部、フリップあったろ？」と顔を上げた。

しおりは自分に聞かれていると思い、焦って「そ、そのコーナーはパネルじゃないんですか！」と口を挟んだ。

「もう発注して……」

隣のゆみ先輩が「セット用じゃなくて、フリップ芸の画のことだから」と呆れた小声でささやいた。しおりは、スタッフが「ダメ!!　3密」や「〝夜の街〟注意」と都知事が会見のたびフリップを出す時の静止画を〝フリップ芸〟と呼んでいることを思い出した。

「あ、すみません」と小刻みに頭を下げるしおりに誰も注目せずに話は進んだ。

「大坪さんの画をジャンジャン出していこう。高齢者の味方的雰囲気も出せば、数字は上がるな」と田沼はいつものように「がはは」と豪快に笑う。

「では来週のコロナ関連の二つのロールはその趣旨でいくとして、都知事選自体のコーナーは作らないでいいんですか？　他の候補者との争いとか」

火曜ディレクターの石井拓郎が提案し、しばらく沈黙が流れた。田沼が俯いたまま、はっきりと告げた。

「やらなくていい」

田沼が「3密をホスト叩き(たた)に当てはめる構成よろしく」と構成作家に指示してミーティングが終わった。チーフDの小杉が放送作家にニヤけながら話している。しおりの横を通り過ぎた時に耳に入る。

「仮に夜の街が感染源じゃないと判明しても『都知事の指示ですから』という言い訳が成り立つしさ、これだけヨイショしてれば当選後も都知事ににらまれることないし、一石二鳥ってとこだ」

しおりはすでにパソコンと向き合っているゆみ先輩の耳元に、背後から「ヨイショ……ってどういうことなんですかね」とささやいた。

「うちの会社はどこにある？」

「は？」

「東京だよね」と気のない返事。

「は、はあ」

「うちらが番組作らせてもらってる局はどこにある？」

「……東京です」

「それが答えでしょ」

ゆみ先輩はいっさい目線もくれず、再びキーを叩き始める。ぽかんとしたしおりの目に映るパソコン画面の文字。〝東京都感染者　１００人超!?　その時、大坪候補は？〟と番組のテロップを作成している。

「あのね」といつまでも突っ立っているしおりに、ゆみ先輩が面倒臭そうに続けた。

「総理に次いで国のナンバー2と言われる東京都知事に女性でなるってすごい力でしょ。地方の知事と違うんだから。この男尊女卑の国でさ」

再びスタジオ生本番

〝東京都感染者　１００人超!?　その時、大坪候補は？〟

ＣＭ明け、二日前にゆみ先輩が作成したテロップが出たＶＴＲは、全面に都庁の玄関口を颯爽と歩く大坪都知事。「ダメ!!　３密」「〝夜の街〟注意」とフリップを出す大坪の映像が続く。

スタジオに戻ると、西川が「菅沼さんにここはズバット解説してもらわないと」と振る。

「感染源はパチンコ店じゃなかった。マスクを外しっぱなしの〝夜の街〟全般。都知事の言う飲食店が怪しい。特にＣＭ前に映像が流れたホストクラブ！」と菅沼。

「私、知り合いにホストの男の子いるんですけど、印象と違ってとってもまじめでお金がなくて、寮じゃなくてもアパートをシェアしてたりするんですよお」とゲストコメンテーターの還暦近い高見沢郁子が子供っぽい口調を混ぜて言う。テロップには名前の上に〝女優・エッセイスト〟と出た。

「政府は経済を考えて緊急事態宣言は避けたいから、大坪都知事と対立している！　しかし感染が今後も拡大する可能性があるなら、東京アラームで警報を鳴らす都知事のほうが正しい。いや、まあ今は都知事候補になりますが」と菅沼は最後に笑った。

フロアにいるしおりは本番前、副調整室からスタジオへと走る最中に、田沼がＭＣの西川に話していたことがよみがえった。「いつにも増して東京中心の展開でお願いします」……。フラッシュバックするように、ゆみ先輩の二日前の一言がよぎる。

「関東の視聴率は東京次第なとこもあるから」……。

「間近の都知事選の行方も気になるところ。さあ選挙はどうなりますか」と西川が締めるとSEが響き、海外セレブのSNS画像が捲れる映像になり、ずっと無表情だった泉マヤが初めて明るく言う。

「CM明けは『世界のコロナ禍をキリトル』二回目、ファッション化したマスクを追う。テイラー・スウィフト、ケイティ・ペリー、大坪都知事など世界のマスク美人チェック！」

e－ボックス・オフィス

その日曜日、しおりは目覚めると、踊り場で寝ていた。

「はっ」と目が開いた時、頰に当たるリノリウムの床の冷たい感触と違い、体は冷気から守られたタオルケットの優しい感触に包まれていた。

「眠りこけてしまった！」

顔を上げると、冷気が漂う半開きのドアの先には半分ほどの蛍光灯の光が点っている。スタッフが少ない深夜や日曜は節電するよう言われている。

土曜日は夜通しで事故物件のアパートの一室でロケをしていた。面倒なロケを押しつけるチーフDの小杉から「太いローソクを部屋の真中に一本立てて二十四時間、監視しろ」と言われた。「自殺した男の霊がいつ現われるかわからないから寝るなよ。窓開けて風で消すとかヤラセはするな」と。指示通りしおりは電気がきていなくて暗く、湿気を帯びた畳の四畳半を小型カメラで撮影した。

明けて日曜は別企画の準備で社に戻り、昼頃に仮眠をとろうとしたが、オフィスのソファや社長室のソファは男性スタッフが寝ていたので、マンガ喫茶に行くか迷っているうちに、過去に何度か眠ったビルの階段の踊り場で力尽きて横になったのだ。「e‐BOX・OFFICE」と張紙された扉が全開になり、誰かが出てきた。フロアの明かりを背にして陰になった人物が誰かわからなかった。

「起きた？」

マスクで隠された口から発せられたやさしい声の持ち主を判別するまで、眠気がとれない脳では時間がかかった。黒髪に白い頬、この声、この顔は……。

「石井さん！」とすっとんきょうな声が出た。「もしかして石井さんがこれを……」

と慌てて立ち上がりながら言う。

「そのタオルケット、臭くないか？」と拓郎の目元は笑っている。

「すすすみません」

「駒野が行かされたロケ、お盆の滑り止め的なネタだろう？　小杉さんに扱き使われて大変だな。それより今から応接室に来ないか？」

「え？」

誘われた気がしてしどろもどろになった。が、緊張する必要はなかった。応接室には何人もいてテレビを観ていた。

「選挙結果が出たんですか」としおりは問いかけた。

田沼社長がいないせいで六名のスタッフはリラックスして選挙特番を観ている。ゆみ先輩に「座れば？」と促され、隣に腰掛けた際、窓に映るボサボサの髪に気づき、「ギャ！」と声を上げてしまった。こんな逆立った頭で拓郎さんと話していたとは……。

当選後の会見で笑みを振りまく大坪新都知事が映る。報道陣からコロナ対策に関した質問が続く。感染者増加について答える一言が社長室に響いた。

「検査数を増やしましたので」

「シレッと言うよなあ、このオバはん。選挙前は一言も検査数に触れないのに。ま、それは番組にも都合よかったけどな」と社長の椅子でふん反り返っている小杉がニヤッと笑った。

いつ見てもカマキリみたいなイヤな笑みだった。社長がいない時だけ威張っているので、嫌悪感は増していた。

選挙特番では右下のテロップに延々と〝もっとも評価する政策1位　新型コロナ対策〟と出ている。

「ワイドもニュースも、重症化する高齢者と夜の街で感染拡大させる若者の対立構図にした成果だよなあ」と小杉がニヤニヤしながら言う。「元々高齢者票を持ってるところに、ホストを成敗する！　だからなあ」

「そのアングルが高齢者票を盤石にしましたね」と山辺が自分の膝の上に置いてあるノートパソコンを見つめながら頷く。

他の候補者の会見の模様が手短に流れた。落選の敗因を暗い雰囲気で話している。

大坪新知事の会見からスタジオに戻った時、社長室の誰もがテレビから目を離し、「今日帰る？」「明日の確認したら」と立ち上がったが、しおりはキャスターが何気なく発した一言が気になって、立ち上がれずにいた。

「現職の大坪候補が圧勝したとはいえ、盛り上がりに欠けた都知事選でしたねえ」

これって……、とぼさぼさの髪の上に疑問が点滅する。これって、何？

e‐ボックスが作る『スーパーワイドプラス』だけでなく、他のワイドやニュースもしおりの知る限り他の候補の選挙活動や公約を放送することは乏しかった。盛り上がらなかったのは、いろんな番組が盛り上げなかったんじゃないか。うちの番組はコロナ関連が重要だから、選挙に触れる枠がなかっただけなのか……。コキャリアが一年にも満たないしおりにはそれが通常のワイドショー作りなのか、コロナ禍だから特別なのか判断できなかった。

九月　スタジオ生本番

その金曜日は本番中にスタジオを右往左往する羽目になった。実験的に料理コーナーを始めることになったからだ。しかもその夜に催される仕事関連の人たちとの飲み会の参加者の確認もしなければならず、やることが多かった。

〝コロナで飲食店　打撃！〟という特集のVTRの最中、しおりはスタジオの端に置かれた長いテーブル上に、コンロや鍋を指示通りの位置に並べる。指示を出すのはゲストの女性料理研究家だ。次のコーナーなのですでに調理の仕込みを始めている。

〝六本木でカラオケバーを経営する女性に聞くと……〟という男性ナレーションに続

き、音声を変換された女性の声が入る。

「モウ本当ニ厳シインデスヨオ。給付金ジャ若イ子ノ給料トカ固定費モ出セナカッタデスシ。ヒト席ゴトニ、パーテーション、アルコール消毒トカシテ徹底シテルノニ……」

ボックス席ごとアクリル板が設置された映像が入る。

「一度離レタオ客様ヲ戻スノハ……難シイ……本当ニ……ツライ。ウウ」

顔が紫の丸印で隠されていても、女性経営者が涙ぐんでいるのがわかる。

カラオケを歌う女性経営者の歌声に被せて〝この店ではおよそ五千円するボトルを三千円に下げて営業しているという〟とナレーションが続き、スタジオに戻った。

「コロナの被害が大きい一方で、経済の打撃も見過ごせないと」とＭＣのベテランアナ西川が政治評論家の菅沼に目線を送る。

「感染が収まってきてもお店に行かないのは、お店が悪いわけじゃない。ある意味国民に危機感が共有できてる証でもある！」と菅沼。

「テレビを観ている方には『いつまでコロナやってるんだ』と言われる人もいます。そういったお電話やメールをいただきます。でも一方で『コロナをもっとやってくれ』って言ってくださる人もいる」と西川。

「そこなんですよ！　専門家にはコロナは高温多湿に弱いから夏は感染拡大しないとか言う人もいたけど、飛沫だけじゃなくて空気感染の疑いもあって、蓋を開けたら第二波は一波より拡大した！　まあ死亡率は下がりましたけど」と菅沼は最後だけ語気を弱めた。「だからこの番組は引き続きコロナやらなきゃいけない！」

菅沼がより大きく声を張った時、パン！　と甲高い音がセット脇に響いた。しおりがセットに近づけていたテーブルから鍋の蓋が落ちたのだ。「すみま……」とマスクの中で小声を発して立ち尽くすしおり。

一瞬、緊張が走ったが、副調整室がすぐにBGを入れ、泉マヤが「CMのあとは新コーナー『夕飯ナニにする？』」とカメラに微笑んだ。

インカムを通して怒鳴られると思ったが、「さっさと準備しろ」と言われただけで、しおりは数名の大道具スタッフがコメンテーターたちを遮る二メートルのアクリル板を手際よく片づける近くで、大道具スタッフとぶつかりながらどうにか二分以内にテーブルを設置できた。

「マヤマヤの夕飯ナニにする？　初めてコーナーを持たせてもらいました」と笑顔の泉マヤが画の左端で話す。「料理研究家の橋本真美子さんとは十分な距離を保ってのソーシャルディスタンスな夕飯作り。ではお願いします！」

泉マヤから三メートルほど離れた料理研究家が「今日の夕飯は簡単ボルシチを」と具材説明を始める。コンロもすぐに火が点き、しおりは大きく安堵の息を吐いた。初めての生料理コーナーは無事に進んだ。が、十五分の尺の後半になった頃合いに問題が起きた。

「味付けはシンプルに塩コショー」と料理研究家が塩を振る。「ええ……っと、ブイヨンをすでに入れてありますのでね、塩とコショーでいいわけですよ……」

テンポが落ちた気がした時、インカムから「何か足りないものがあるのか！」と強い声が届いた。

コショー！　と思い出した。番組が用意した物ではなく持参したコショーを使うと、副調整室で料理研究家に言われたことがよぎった時には走り出していた。マネージャー数人が立っている出入り口付近の細い階段を駆け上がる。「誰かに持ってきてもらったほうが早かったかも」と気づいた時に副調整室に着いた。テーブル上にコショーを見つけてホッとし、手につかんだ瞬間だった。

「ボルシチ、いい香りがここまでしますねえ」

モニターに映る泉マヤの声が、副調整室に響いた。直後、「バカ！」「言っちゃった」「香りが届いちゃうってバレる」とスタジオ向きに座るディレクターやタイムキーパーらスタッフが声を上げた。

「香り……？」

しおりは意味がわからず、誰にも注目されないままにスタジオへ向かった。

バー六本木歌姫

店内に入った瞬間、「この店知ってる」と思ったが、しおりは大学時代から六本木（ろっぽんぎ）に飲みに行く機会などなかったので、なぜ知っているか記憶を探ってもわからなかった。答えがわかったのは三十分遅れて社長の田沼が到着した時だった。

「田沼さん、ありがとうございます〜。ご利用いただいて」

「がはは。ママ。オレは約束を守る男だからな。オンエアも約束通りだったろ？」

「んもうバッチリ。前に来てた常連さんから『ボトル三千円にしたの？』って電話きたほどよ〜」

ママと呼ばれた女性は服装がＶＴＲの時の紫のドレスではなく、白いブラウスにジーンズだったので、気づけなかったのだ。肩まで無造作にカールされた茶髪は潤（うるお）いがなく、ＶＴＲでは丸印で隠されていた顔は、やつれた演歌歌手みたいだ、と思った。

夜の八時なのに寝起きに見えた。

「店内も映ったから常連には〝店バレ〟したのね〜。何人も来てくれて。テレビの影響ってすごいのね〜」

「ママが泣いたからお客が来てくれたんだ。がはは」

田沼は壁にくっついた固いソファに座ると巨体を揺らして笑った。

その夜はe-ボックスと番組のCMを請け負う広告代理店担当と局側のスタッフでの、夏に高視聴率を出したお祝いの飲み会だが、ゆみ先輩いわく「うちが接待する役目」という。〝今後もうちの会社で番組作らせてください〟という趣旨の一献らしい。

が、局側はいつも生本番に立ち会っている女性のプロデューサーが顔を出して「飲み屋さんにお酒の差し入れなんてすみませんね。こういうご時世なんで失礼します。十月期もよろしく」と扉付近でシャンパンボトルを田沼に渡してすぐ帰り、会に参加したのは一緒に訪れたアシスタントプロデューサーら二名だけだった。

おかげでその二名とe-ボックスから八名の計十名だけで、二十人が座れる座席に隙間が目立った。「拓郎さんは来ないのかな……」としおりは落胆しながら、ママから「悪いわね」と渡されるつまみやボトルを運んでいた。

田沼らスタッフの態度が変わったのは、紺色のスーツ姿の二人の男が現われてからだった。

「六本木だから少しはマシな店かと思ったら、場末のカラオケかよ」と威張った態度の銀縁メガネの長身の男がスーツと同じ紺色のマスクを取りながら店内を見回し、「ふん」と鼻で笑った。

「さ、どうぞ」と田沼が空けた一番奥に座った銀縁メガネの長身男は「ま、ご時世的に目立つクラブとかじゃやれないか」と足を組んだ。しおりは、イタリア物のスーツじゃないか、と思った。

「このアクリル板、一枚三千円はするヤツだな。業者、ぼろ儲けでしょ」とテーブル上のアクリル板を人差し指で弾いた。

隣に座らされたゆみ先輩がおしぼりを渡し、小杉が注文を尋ね、ロケDの須藤が水割りを作り、ゆみ先輩がグラスを渡す。その連携作業を立ったままポカンと見ていたしおりは、ようやく広告代理店の人たちだと察した。真中で足を組む男は三十代だし、離れて座った部下らしき男はまだ二十代ではないのか。なのにこの高圧的な態度はなんだ?

「そこ!」

いきなり銀縁メガネに指さされ、しおりは背筋を伸ばして「はい!」と目を見開いた。

「いつも黒いスキニージーンズでフロアを駆け回ってるAD君じゃないか。今日は見違えたね」

キザに言われ、「あ、はい。いいえ」と意味不明な返事をしてしまった。局にはマネージャーなどスーツ姿の男が多いので、銀縁メガネの顔を覚えていなかった。

「パーティーなのでスカートにしました」

唯一持っている黒のロングスカートを着た自分を見下ろした。

「パーティーって！」と銀縁メガネが言うなり、少し離れて座っている小杉を見やり、「小杉君、チーフDも馴れました？　他の番組やってた頃はADだったのにねえ。偉くなったなあ。もうパーティーでは赤いジャケット着ないの？」としおりにはわからない話を振った。

「相島（あいじま）さん、もう勘弁してください」といつもの陰険な態度が影を潜めて、小刻みにお辞儀を繰り返す小杉。

「まあまあ。昔話は置いといて秋以降の英気を養うために飲みましょう。がはは」

田沼の音頭で始まり、それから代理店のふたりと局の二人のテーブルでe－ボックスのスタッフがお酌（しゃく）したり、丁重な態度で話を聞く宴会が続いた。しおりはお酒やフライドポテトやチーズ盛合せを運んだり、差し入れのシャンパンを飲む銀縁メガネの相島に「飲める口？　業界人は飲めなきゃダメだぜ」と一緒に飲まされたり、「駒野！　こっち氷がない！」と田沼の席から催促されたりした。

まるでホステス扱いじゃないか、と思った。しかも場所は中年ママが営むカラオケバー。これが憧れのテレビ業界の六本木での飲み会なの？　制作会社が仕切りだから庶民的なのか？

厨房のほうに戻った時、入り口付近の端の席でひとり、ノートパソコンを開いているヒゲ面の山辺に気づいた。いつもノートパソコンを操作して無口なので存在感が薄い。

「あ、すみません。山辺さんお酒ないですか？」と尋ねた時、トイレから出てきたゆみ先輩が「山辺っちはマイペースな底無し呑んべえだから、飲んでも変わらないよ」と少し酔ったのか大きな声で教えてくれた。「駒野もバレないように少し飲んで休んだら？」としおりの肩を叩いてすぐ席に戻った。

しおりは山辺のとなりに腰掛け、ずっと誰かに尋ねたかったことを聞いた。

「石井さんは……仕事終わりに合流ですかね」

返事はない。山辺はノートパソコンを凝視している。

「山辺さんていつもネットのリサーチに余念がなくて尊敬します。山辺さんがDの水曜はエゴサーチが効いた作りですものね」

ヨイショしたつもりが反応はなかった。

「こういうの、いかにも業界っぽくて馴染めないよなあ」

しおりは自ら作った水割りを飲む瞬間に突然言われ、「はい？」と喉に酒が染みて高い声が出た。

「局や代理店相手の飲み会がね」

円形の低いステージでママが八代亜紀（やしろあき）の『舟唄（ふなうた）』を歌い出したので、ところどころ聞こえなくなった。

「駒野さんは、なぜテレビ制作に入ろうと思ったの？」

「え？　あらためて聞かれると……恥ずかしいです。お酒の場で話すほどのことじゃないですけど、海外の紛争とかの報道をやりたいと思っていまして……」

照れながら言うと、「そうか、目標があるわけか」と返された。

「e－ボックスのeって何の意味か知ってる？」と山辺。

「うちの会社の、ですか？　社長の下の名前のイニシャルって聞きましたけど。田沼……たしか英二とか」

「ｅｍｐｔｙ……エンプティ・ボックス。空箱って意味。つまり僕らの番組というのは空っぽの箱なんだよ。そこに僕らが作ったニュースや映像を入れる。最初は何を入れても自由でかまわない、あらゆる可能性を秘めている。それってある意味、すばらしい発想ではあるよね」

そう聞くと、少し酔ったせいもあってすばらしい考えに思えた。近いうちに自分が作った映像も箱の中に入れられると思い、勇気が湧いた。が、頭の片隅には、三月に問題になった不正映像を編集した人が何を言っているんだ、という冷静な意識も存在していた。

大きな拍手が沸き起こり、ステージを見ると相島がＯｆｆｉｃｉａｌ髭男ｄｉｓｍを歌い始めた。なんて下手なんだ、と思った。歌声というより奇声に感じた。

「しおり〜ん」

ねっとりした口調が聞こえる。田沼がグラス片手に近づいてくると、巨体で視界が埋まった。

「すみません。ちょっと休んでまし……」と言い訳しながらアゴのマスクをひょいと上げて口を覆った。その時には田沼は横に座り、反対側の山辺はノートパソコンを畳んで去るところだった。この場から逃げたいんだ、と直感でわかった。

「山辺さん、いてくださ……」と小声の哀願は、トイレに向かう山辺の背中には届かなかった。

「しおりんは大卒だったね～」

田沼は厳しい口調でセクハラもどきのことを言う社長室の時とは違い、酔っ払い中年が若い子に絡むかわいい声質になっている。

「はい。半年間、就職浪人して入れてもらいました。今日は本番中に鍋の蓋を落としてすみませんでした！　寝てなくて……」

説教が始まると察して謝ったが、「年頃女子の気持ちを聞きたいんだよ」と田沼は急に神妙になった。

「うちの娘が洗濯物を一緒にしないでって言うんだ」

「は？」

「これはママから聞いて……うちの妻だけどよ、大学一年の娘が『お父さんの洗濯物とは別に洗って』って頼んだらしいんだよ。高校まではそんなことなかったんだ。そりゃ反抗期はあったよ。テレビ局時代、帰りが毎晩遅くて、父親らしいことしてなかったからな」

白髪混じりの角刈り頭を撫でながら、しゃがれた声で弱々しく話す。

「でも歯列矯正の費用を一括で払った時は尊敬された。大学も希望通り私大に入れた。そのつど挽回したはずだが、リカコが……娘の名前だけど、オレが名付けたと知ったら、最近は自分のことリカと言い出して、妻の話じゃ二十歳になったらリカに改名するつもりだってよ。オレが何したっていうんだよ？　ええ？」

酔った声で問いかけられたが、答えられなかった。

「年頃の娘の気持ちがわからねえんだよ。オレももう四十六だし」

まだ四十六歳だったんですか！　と思ったが言えなかった。

「やっぱりオレが朝方、トイレで吐いてるのを見た時からかなあ。娘が名前を変えると決めたのは。番組から降ろされそうになった三月頃、オレは荒れてたから……」

俯く横顔が酔い潰れる寸前のサラリーマンにしか見えない。

「そういう女の子の心理わかるかい？」

「ちょっと年代が違うので……」

「しおりんはよ」

いきなり見つめてきた鋭い目は仕事中の田沼に戻った気がした。だが酔っていて視点が定まらず、しおりの腰のあたりをさ迷っている。

「やっぱりジーパンがいいよ……」

「お！　赤いジャケットがあるじゃないか！　久しぶりに人間じゅうたん、いってみるか！」

ステージでは歌い終わった相島が、代理店の若い社員が店のカラオケ用コスプレ衣装から持ってきたらしい赤いドレスを見て、そう叫んだ。

「それドレスですけど」とずっと最前席で手拍子を取っていた小杉が立ち上がる。

「小杉君は昔さあ、人間じゅうたんをやってくれたよなあ」と相島がマイクを通してしみじみと言う。

「これ、着るんですか？」と小杉が赤いドレスに触れながら、相島の機嫌を損ねないような笑顔で首を傾げる。

「着なくていいから敷こうよ。体の上に」と相島。

「小杉さん、僕もやります！」とよれよれのヨットパーカー姿の須藤が片手を上げて割って入り、「いくらなんでも……」「あとひとりは欲しいでしょ。じゅうたんなんだから」と相島が淡々と告げた。

「ＡＤくん！」と相島がしおりを手招きした。

「え、私？」と立ち上がると、いつの間にか近くに立っていたゆみ先輩が「通過儀礼みたいなものだから」と情けない目線をしおりに送り、背中を叩いた。

「は、はあ」とわけがわからないままステージに近づくと、楕円のステージ前に小杉と須藤がうつ伏せに並んで寝た。しおりは「え……あ、こう?」と同じように隣に寝た。

誰かの手によって赤いドレスが三人の腰あたりに掛けられた。

「行きまーす! 王様のお通りじゃ!」

スピーカーから相島の声が聞こえた三秒後、「ぐっ」「んげ」と並んだ男の声が続き、しおりは尻を踏まれた。「ギェ」と声が腹から漏れた。通過儀礼は瞬時で終わった。人間じゅうたんは寝そべったスタッフの上を歩くだけの話だった。なぜか周りから拍手が起こる。うつ伏せのまま見上げると、田沼も山辺も局の人も拍手しているのが見える。両手をVの字に上げている相島の先にいるママは「最高!」と笑いながら拍手する。

今夜の出来事が断片的に蘇(よみがえ)る。「つまり僕らの番組というのは空っぽの箱なんだよ」「娘が名前を変えると決めたのは、番組から降ろされそうになった三月頃」「王様のお通りじゃ!」

長年かけて染みた酒と煙草の煙と客の嘔吐(おうと)物の匂いが混ざったカーペットに頬が付くくらいの体勢で、私は何をしているんだ、と妙な感慨に包まれた。二百九十という数字が突然脳裏に浮かぶ。マンガ喫茶である夜に計算した月給の日割り。時給二百九十円で私は何をやっているんだ……。

「昔はクラブのフロアに十人くらいＡＤ寝かせて歩いたのになあ」という相島の声が届く。テレビ業界に入って初めて怒りが湧いた。赤いドレスが掛かっていない尻をわざと踏んだとわかっていた。

ｅ－ボックス・オフィス

飲み会に参加したほぼ全員が会社に戻った。オフィスには石井拓郎と、いつの間にか会を抜けていた山辺もいた。

「大変だったでしょう」と拓郎に優しげな笑みで話しかけられた。

「あ、はい。石井さんはなぜ来なかったのですか？」

ゆみ先輩が擦れ違い様に「こいつ、要領いいから」と皮肉っぽく言い放つ。

「違いますよ。編集です」

しおりの酔った目にはいつにも増して拓郎の黒髪と白い頬が眩しく映った。いつか拓郎さんと飲める日が来るといいな、と思った。

その後、月曜の準備をするオフィスで、不思議なことに気づいた。誰もさっきまでの宴会の話をしない。秋以降も番組制作が継続できるから局や代理店と一緒に飲む会が開けたとはいえ、イヤな思いもした。なのに「あいつイヤなやつでさ」とか「人間じゅうたんやらされたよ」という愚痴を誰も言わない。「飲み過ぎちゃった」とか「社長が番組で使った店でしょ。安くしてもらえた？」ともいっさい話題にしない。みんなは馴れているかもしれないが、その話を避けているというより、なかったことにする空気を、しおりは感じていた。

「心配してた視聴者からの電話、メールは一件もありません」と机でノートパソコンを見ていた山辺が、ソファでだらしなく缶のポカリを飲む田沼に告げた。

「この時間までないなら、大丈夫だろう」と田沼が腰を上げて、窓際に近づく。

「さしあたりツイッターにも見当たりません。これなら大丈夫かと」と山辺。

「社長、よかったですね！」と小杉がいつものお調子で歩み寄る。

「何の話ですか？」としおりはゆみ先輩の席に近づき、背後から聞く。

「初めての生料理コーナーで泉さんが『ボルシチ、いい香りがここまでしますねえ』って言っちゃったじゃん。それにクレームがなかったってこと」

「それのどこがクレームを言われる心配か、意味が……」としおりがきょとんとしていると、ゆみ先輩が面倒臭そうに振り返った。

「三メートル離れてる料理の匂いが届くなら、とっくに料理研究家さんの息も吸ってるってことになるでしょ。ソーシャルディスタンスをもっととれ！　とか、匂いが届くなら感染の危険あるだろとか、アクリル板外したからだとか、マスクしろとか抗議が来るかもと心配していたのよ。特に空気感染の話をしたあとだからさ」

しおりは副調整室での「バカ！」「言っちゃった」「香りが届いちゃうってバレる」というスタッフの声を思い返した。

「そこまで……気にするわけですか？」

「あのね、生料理コーナーの次にブイヨンを新発売する食品メーカーのCM入るんだから、しくじれないんだよ。代理店さんがとってきたスポンサーありきで始めた企画なんだから。宴会中も社長は冷や冷やだったんじゃないの？」

妹を叱る姉のような口振りに、しおりは言い返せなくなった。

歩み寄ってきた拓郎が「社長はがたいに似合わずデリケートですからねえ」とクールに言う。

山辺が窓際の田沼の横に立ち、「ボルシチの作り方はおおむね好評です。あの具材じゃトマトピューレーがなきゃ豚汁でしょ的なツッコミがあるだけで」と伝えた。

「料理の香りと、コロナ対策は別ってわけか……」

田沼が窓の外を向いたままシリアスに呟く。

「オレたちは、視聴者に恵まれたな」

店で弱々しく娘の愚痴を言っていた情けない姿とは違い、夜景を眺めて渋がっている。

社長としてのたのもしさも垣間見えて、この男についていっていいのか、離れるなら今なのか、しおりの酔いが残る頭は混乱していた。

三章（第三波）アオリの法則

二〇二〇年十一月　ワンルーム

しおりは電気も点けずにコートを着たままシングルベッドに倒れ込んだ。日光を浴びていない掛け布団から少し湿気臭さが漂う。四日ぶりの部屋だった。ゆみ先輩がチーフＡＤからアシスタントプロデューサーになり主にキャスティングを請け負う業務に就き、しおりはその手伝いを始めた秋以降から激務が続いている。

「ブッキングの連絡確認もやってくれ」と社長室で田沼に言われ、「私がですか？」と驚いたが、「取材先の人にもしおりんはウケがいいからよ」と、いつものように腰のあたりを凝視された。

全国で放送される番組なのに、契約社員一年の期間で仕事が増えていいのか？　それが制作会社では当たり前なのかわからない。この一年間でもスタッフが辞めたり入ったりしている。名前を覚えた頃にはいつの間にかいなくなった人もいる。ゆみ先輩たちは「ユーチューブの会社に行ったらしい」と辞めた人のことに一言しか触れない。

うつ伏せのままコートのポケットから出したスマホを見ると、同じ人からの着信があった。〝藤田健太(ふじたけんた)〟

「またか……」と呆れる気持ちのほうが、うれしい気持ちよりまさっていた。脳内で整理しなければならない仕事の案件が多すぎて、異性を意識する余裕もなかった。ベッドに置きっぱなしのリモコンでスイッチを入れると、真暗なワンルームにテレビが光を発する。「冬は夏よりも重症化しやすい恐れがあるから、検査が大事になる」と専門家の男がリモート画面で語っている。プライムタイムのニュースも第三波一色のようだ。

私はこの一年で感覚が麻痺したのだろうか……。そんな恐さが寝不足の頭に漂う。ぼんやり眺める画面に重なる感じで、この一年間の出来事がテレビの中の映像のように蘇る……。

「マスクしていない人がいます」という自分の声。ロケDの須藤と行った繁華街で、酔っ払いの若者を隠し撮り。その翌月には〝自称マスク警察がマスクしない若者を追いかけてあわや暴行？〟というテロップを出したオンエア。

「営業している店があります」としおりと須藤が開けている飲食店を隠し撮りしたロケがよぎった数日後に、《営業ヤメロ！》とドアに貼り紙されたスナックの店主にマイクを向けて「自粛警察が、私のところにも来て……もう閉めます」と涙ぐむインタビュー撮影。

「とにかく新らしいカタカナ英語を連呼させせろ。視聴者は聞き馴れない言葉に影響されやすい」と田沼がミーティングで息巻く。「パンデミック」「ロックダウン」「ステイホーム」……田沼の声がいつの間にかMCの西川や泉マヤに変わる。「パンデミック」「ロックダウン」「ステイホーム」「ソーシャルディスタンス」「ニューノーマル」「オンライン」「クラスター」「ＰＣＲ」……。

「感染者と陽性者は違うという視聴者の声が増えてきました」と会議の席で山辺がノートパソコンを見ながら冷静に言う。しばらく思案した田沼が「一回だけ言おう」と答える。生本番で西川が「東京の新規感染者三百六十七人で最多更新！　症状のない方も含む陽性者数なわけですが」と早口で言う。

「検査数が増えただろうという声が多くなりました」と山辺。「一回だけ言おう」と田沼。「全国の新規感染者をパネルで見ましょう！　まあ東京都の検査数も五千超と増えたわけですけども」と西川。

「東京都のコロナ感染による死亡者の平均年齢が79・3歳と発表されました」とゆみ先輩が報告する。「一回だけ言うか……」と頭を抱える田沼。「東京都のコロナ死者の平均年齢79・3歳とのニュース」と西川が淡々と話すと、コメンテーターの菅沼がオールバックの白髪を乱しながら「高齢者には危険すぎるウイルスとはっきりした！」と凄む。

「渡辺総理が辞任会見で、指定感染症二類からインフルエンザと同じ五類相当に引き下げると提案したところまで映像使いますか？」と拓郎が尋ねる。「映像じゃなくてコメントで……」と田沼。「引き下げの提案も総理は会見でされましたね」と西川。村田クリニックの村田医師が「ただでさえ医療が逼迫しているのに、町の診療所でも診られるのか？　とにかく検査の重要性を新総理には考えていただきたい」と話す……。

いろんな声が束となって寝落ち寸前の頭に入り込む。おぼろ気な脳を稼動させたのは、ライン通話の着信音だった。仕事だ！　ととっさに上体を起こし、「はい、駒野！」と話し始めた。

「あ、やっと出てくれましたね」

若い男の声に誰だか一瞬わからず、スマホ画面を確認すると〝藤田健太〟だった。

「あ、藤田先生……」

診療所の混雑状況をリポートする回に取材を受けてくれた都内の内科診療所『太陽クリニック』。その際に連絡窓口になってくれたのが勤務医の藤田だった。

「先生はやめてくださいよ。去年まで研修医だった身ですから」

取材の際に女性看護師から聞かされた話では、臨床の資格はないアルバイト的な業務をしているが超イケメンと院内で話題で彼目当てに診察に来る女子もいるほど、という。

「いつもライン返せなくてすみません。満足に家にも帰れなくて……。今日は何でしょうか」

携帯番号を登録したら藤田のラインにしおりの名前が出たらしく、それ以来ラインが来る。オンエアが終わってからも《お忙しいですか？》《また取材の際はご相談ください》《今日のスーパーワイドプラスの下町探訪はおもしろかったデス。駒野さんの企画ですか？》とマメにラインが来るのだ。

「冷たいなあ。前にラインした件です。忙しすぎて見てないのかな」

しおりは仕事との混同は避けたいし、藤田は世間的にはカッコいいんだろうけど私にはピンとこない、と思っている。だいたい医療現場で働くのになぜミュージシャンみたいなロン毛なんだ。

「いや、あの……見ましたけど、せっかくのお誘いですが、お食事は、感染対策の観点からも今のご時世ではちょっと……」

コロナを都合のいい断わり文句に使ってしまった。大学時代の男友達に誘われて面倒に思った時も「感染者になったら仕事の人に迷惑がかかるから」を断わり文句にした。実際、陽性者になれば番組に迷惑がかかるので罪悪感はない。

しおりは「ま、また今度お願いします」と無難な言葉で通話を終えた。

「ふー」と溜め息を吐いた直後、ラインが届く。《僕はあきらめませんよ》に続き、ハートマークが付いていた。

しばらくハートに見入ってしまったが、「明日五時起きだ！」と思い出し、藤田のことを考えるのはやめてコートを脱いでシャワーを浴びる準備を始めた。

すっかり覚醒していたので、耳に入るテレビからの声の主に聞き覚えがあるとわかった。

「とにかく国は検査を増やすべきです。今はクリニックでも検査キットありますから」

『スーパーワイドプラス』に出ている村田クリニックの村田医師だとわかった。いつものように目を細めて語りかけている。売れてるなあ、と思った。初めてテレビで客観的に観ると、いつもスタジオで接するようりうさん臭いおじさんに見えた。

e－ボックス・オフィス

「こんなのをパネルで出せるか！」

田沼の怒声は、オフィス中のスタッフを驚かせるほどに響いた。言われたしおりは思わず両目を閉じて肩をすくめ、プリントアウトしたばかりの三枚の用紙が手からこぼれた。

「意見を求められるようになったからって、さっきのリモート会議でも放送作家にコロナのデータを自慢げに話してたろ。そういう細かいデータはワイドにはいらないんだよ。第一、おまえは専門家じゃないだろうが。そういう上っ面の正義感はいらん」

そう言い捨てると田沼は社長室に消えた。ドアを閉める前に近くの席の経理の女性に「差し入れのイチゴにミルクかけて持ってきて」と優しく伝えた。

上っ面の正義感……。俯いて反芻（はんすう）した時、カーペットの剝（は）がれかけた箇所に落ちた用紙をつかむ白い手が視界に入った。

「これは出せないでしょう」

石井拓郎が拾った用紙を眺めてから、しおりに差し出した。プリントされたのは〝世界の感染状況（十万人当たり）〟というグラフで、英国、ドイツ、スウェーデン、イタリア、フランスなどの欧州と南米のブラジル、チリ、他にインド、米国と感染数の多い国に、日本を加えた時期ごとの感染の波を表わした折れ線グラフ。日本だけがグラフの最低値あたりで推移している。

「日本がこういう感染状況だと知ってる人は知ってるけど、うちの視聴層には向いてないというか……」

いくら拓郎の言うことでも納得できない気がして、「それってどういうことでしょうか」と食い下がった。

「それって煽りには向いてないってことでしょうか」

「そうじゃないんだけどね」と拓郎が優しい笑みを向けながらも、困った表情になった。

「駒野！　ちょっと」

安田ゆみ先輩から声をかけられたが、反応せず拓郎を見つめていた。

「電話だから！　駒野！」

強く呼ばれ、腕をつかまれてゆみ先輩の席に行くと、「まあ座りな」と席を譲られ、目の前のパソコンに熊のアップがいきなり現われ、「わ！」と驚いた。

「やあ、どうもどうも。大久保です」

会議にリモート参加した放送作家の大久保は、熊のイラスト入りのマスクで顔を覆っている。会議の時と同じく自宅だ。

「先程の会議で駒野さんが言っていたことが気になりまして、安田さんのパソコンにおじゃましました」

大久保は会議のように淡々と述べ始めた。何本ものバラエティー番組の構成台本を担当する売れっ子作家だ。理系の大学卒でまじめな人柄だが、ユニークなマスクでリモート会議に臨む茶目っ気がある。

「たしかに駒野さんがご提示した世界の感染状況データは僕も知っています。日本の死亡者が感染拡大国より桁違いに少ないというデータも。でも本来、僕たちの仕事は視聴者が観たいものを用意する。それはある程度わかりやすいものをベースにする。

どういうことかというと、駒野さんが用意したようなデータを観せても庶民はわからないんです。駒野さんが思っている以上にテレビを観る層のリテラシーは異様に低い。リテラシーがないと言ってもいいくらいです。それは僕も経験上あきらめてます。だから僕が先程言ったように一目観てわかるパネルがいいのです」

それで大久保のテレビ電話は終わった。話の趣旨はだいたい理解できた。わかりやすい数字を番組で使うべきだと。それはそうだと思いながらも、別の納得できないものが生まれていた。〝リテラシーは異様に低い。それはあきらめてます〟って、テレビを作る人間が言っていいのか……。

「だからさあ」とゆみ先輩の声が届く。「他の感染拡大国の数字を一度知っちゃうと、視聴者は安心して危機感がなくなっちゃうって言いたいんだと思うよ」

慰(なぐさ)める意味も感じ取れたが、矛盾する何かを感じていた。

しかめっ面のまま用紙をくしゃくしゃに丸めていると、「駒野」と背後から拓郎が言う。

「僕らは君の気持ちは痛いほどわかるんだよ」

「は、はい……。さっきは怒ってすみません」

「別件で言わなきゃいけないこともあって……今月話してた大木正充(おおきまさみつ)さんの企画のこ

とだけど……」

「一周忌の、ですか……」と力なく返事した。いつかはやりたいアフガニスタンの紛争のネタを進める一環として、アフガンの人々に尽力した医師、しおりの大好きな大木正充の一周忌に当たる日に合わせた特集を企画した。拓郎に相談すると、練り直してから社長に進言すると約束してくれたが、何の進展もないまま一周忌の十二月が間近になっている。

「あんな企画、午前のワイドで誰も観たくないですよね。ダメ元でしたし、仕方ないです……」

力なく言ったしおりが俯いた時だった。肩に手が掛けられた。

「僕が手伝うならいいってさ」

「はい？」

「社長のＯＫ出たから。駒野の情熱が届いたみたいだ。僕が映像作りやる条件だけどね」

突然、拓郎の笑顔がキラキラ輝いて見えた。やはりこの人は私の憧れだ、と再認識した。〝悪いことがあればいいことがある〟という教訓をこれほど実感した時はない。

「あ……ありがとうございます」と言うと涙ぐみそうになった。足早に社長室に向かう途中で「ただし天気予報前の短めのワンロールだぞ」という拓郎の声が聞こえる。

「社長、ありがとうございます！」

スプーンでミルクがけイチゴを食べている最中の田沼は、口を開いたままで止めた。

「がんばって視聴者に大木正充さんの功績をわかりやすく伝えます！」

「それよりしおりん。『自宅で出来る感染対策』シリーズの来週のコメントドクターのブッキングどうなった？」

聞かれた瞬間、着古したトレーナーの中で一気に汗が噴き出し始めた。忘れてた……という一言が喉元で絡まる。

「あ、あの……」

どうしよう、と脳裏で繰り返す。どうしよう、どうしよう。〝いいことの後に悪いことがある〟という教訓が生まれた。

「誰だよ」

「あの……太陽クリニックの藤田先生です！」

とっさにその名前が出た。

「たいよう？　ずいぶん前にコメント貰った診療所か。院長、藤田先生って言ったたっけ？」

「いえ、今回は若い内科医です。内科医の助手かな。とにかく太陽クリニックです」

「じゃ電話取材でコメントとってくれ」

「は、はい」と素早く立ち去りたくて背を向けたのに、「しおりん」と低い声に呼び止められた。焦ってる時にセクハラ台詞（せりふ）はやめてくれ、と思っていると、田沼はシリアスに言う。

「『コロナ禍に奮闘する高齢夫婦のイチゴ農家』ってＶＴＲやっただろ。これはその時のお礼だ。地元のタウン誌にも取り上げられて、注文が殺到してるそうだ。あの夫婦、大喜びだよ。テレビとはそういうものではないか？」

振り返ると田沼はしおりを見ていず、スプーンでイチゴをすくっている。

十二月　中目黒のカフェ

「混雑はだいぶ収まったよ。しおりさんたちが取材に来られた頃は、第一波の終わりでしたよね、あの時期はパンク寸前でした。無症状なのに大勢押し寄せて『コロナに感染しているか知りたい』とか『先月熱が出たがコロナだったか教えて』とか『私は抗体を持っているのか？』ばかりで。うちは高齢者が多いこともあって……ね、しおりさん、いい加減、マスク取って話しませんか？　ここ、屋外だし」

丸テーブルの向こう側に座る藤田健太にそう言われ、目覚めたように瞬きを繰り返した。

「あ、すみません。寝不足なもので……」と口にした直後、言い訳になっていないと気づいた。

日曜日、しおりは快晴の空の下、カフェのガーデンスペースで藤田健太と会っている。先日電話で「コメントのみでいいので、自宅で出来る感染対策を三〜四つほど放送させてください」と頼んだ時、しばらく考えた藤田が「じゃ、しおりさんが一回つきあってくれるなら」と初めて下の名前で呼ばれて提案されたのだ。

「でも今は、コロナ感染者をうちの常連の患者さんがイヤがるから、発熱のある人は入れない方針になってるという逆の現象になっているんだよね。あ、常連て言い方は変かな。ははは」

藤田が長い髪の先に触れながらキザに笑う。数ヵ月ぶりに会う藤田に、やっぱりビジュアル系バンド的なロン毛を切ってないのか、と思った。でも何ヵ月経っても誘ってくるところを見ると、見た目ほど軽くないのかな……。

「私の希望で東横線沿いにしてもらってすみません。私、武蔵小杉からまた乗り換えなので。それにしてもしゃれたお店を知ってるんですね。お庭にパラソルが立ってて……」

「ガーデンスペースがいいでしょう。お庭って言い方、相変わらずユニークですね」

「え？　そうですか」

「しおりさんのことは最初、クリニックで会った時から明るくていい人だな、と思ったんですよ。テレビ業界っぽくないというか」

言われて、思わず照れた。二ヵ月ぶりに丸々休みの日曜日は貴重なのだが、洗濯と掃除に追われるよりは藤田と会うほうが有意義な気もした。

「今度は夜にも会いたいですね。月末あたり、そうクリスマスとか」

真剣な眼差しで言われ、少しドキリとした。

「げ、月末までは……自分の企画の編集とかで忙しくて」と恥ずかしさで俯いた。

「自分の企画。すごいですね？　やはりコロナ関連？」

「違うんです。私が前からやりたかった海外のことで。でも十九日オンエアだから、そのあとならどうにか……」

「本当ですか！　オンエアも必ず見ますね」

顔を上げると、目の前の藤田の笑顔に、なぜか拓郎の笑顔が重なった。

スタジオ生本番

〝第三波襲来！　帰省に歯止め？〟

年末年始の帰省に対してコメンテーターが意見をぶつけ合った。

「感染が広がっている首都圏の若者が地方に帰って感染させることが危惧される」と白髪のオールバックの襟足(えりあし)が跳(は)ねている政治評論家の菅沼が力む。

「しかしおじいちゃん、おばあちゃんにお孫さんを会わせたい気持ちもわかる。帰省前に最寄りのクリニックで検査することを徹底するよう政府は要請すべき」と村田クリニックの村田医師が言う。

「いつも数理解析で予測してくださる医師の東出(ひがしで)先生によると」とＭＣの泉マヤが言うと、カメラはパネルに貼られた、小太りの東出医師の顔写真を映す。「『何も対策をしないと、最悪は東京都で二十万人死亡する』と」

「アメリカと日本の〝波〟の比較はこちら」と西川がパネルを指す。左側に米国の第二波の日付別の感染者のグラフ、右側に日本のグラフが並び、ほぼ同じ山形になっている。だが左側に小さく書かれた感染者数の目盛りの桁は違っている。

次に、夏のお盆時期に撮影して放送した素材ＶＴＲを再編集した映像が流れた。

「来るんじゃねえよバカヤロー！」

どこの都道府県か、国道なのか県道なのか判別できない大通りで、渋滞している車に悪態を吐く男の顔にはボカシが入っている。

〝県外のナンバープレートを目撃するや否やタイヤを蹴飛ばして罵声を飛ばす男！〟

と低音のナレーション。

〝県内ナンバーと県外ナンバー同士であわやバトル!?〟

続いて現われた映像は車を止めた巨体の男がヤクザのような歩き方で後続車に近づき、運転手に文句を言う映像になった。

「こら！　どこ見て運転してんだ！」

ＡＤとしてフロアにいるしおりは、煽り運転の特集の時に取材した映像だとわかった。オンエアでは使われなかった素材だと。真剣に観ていれば県外の人を入れたくないことでのモメ事ではないとバレる気がしたが、もめる男たちの声が消えて〝まさにバトル寸前!?〟とナレーションが出てＣＭに入った。

しおりはそれ以上ＶＴＲを気にかける余裕がなかった。今日はしおりにとって大切な日だった。

次のコーナーでは藤田健太がパネルで登場した。

「『家庭でできる感染対策』、今日は以前番組で取材もさせていただいた都内の太陽クリニックさんから」と西川が早口で言うと、カメラはパネルに大きく貼られた藤田の顔写真を捉えた。写真の下に〝藤田健太　太陽クリニック勤務〟。

泉マヤが横書きの文言を細い棒で指して読む。

「『家庭内感染が主な感染経路と疑われています。お母さんお父さんは帰宅したらまず洗面所に直行……』」とありきたりの対策だからか、女優・エッセイストの高見沢郁子が「先生カッコいいジャン！　向井理（むかいおさむ）っぽい」と盛り上げるためか声を上げ、西川が「押さえてください」と突っ込んだ。

「このあとは海外からの話題。ＣＭ明けは気になるクリスマスウィークのお天気」と西川が締めると、映像はアフガニスタンでの大木正充の葬儀の模様が映る。しおりは胸が高鳴った。全国の視聴者に知ってほしいと願った。

e－ボックス・オフィス

数日後のその日は〝いいことと悪いことは同時にやってくる〟という新たな教訓が生まれた。しかししおりの中では、それが本当にいいことなのか悪いことなのか、一年に及ぶテレビ制作現場での日々で、善悪の区別が曖昧になっていた。

ゆみ先輩のパソコンで確認できる視聴率数値を見た時、極端な落ち込みに言葉が出なかった。

番組冒頭からほぼ横這いだったその日の視聴率は、コロナ特集で帰省についてのコーナー↓家庭で出来る感染対策↓大木正充一周忌……という流れでの数字が、4％台↓4％台↓2％台……。

大木正充が過去にアフガニスタンでどれだけ現地の人に慕われたかを伝える一周忌のコーナーは、ニュース映像を繋いだだけとはいえ、もう少し関心が持たれると思っていたのに……。

「ま、やるだけやったよ」

パソコンを凝視するしおりは、背後からゆみ先輩に肩を叩かれた。

「社長が呼んでるよ」と付け加えられ、悲惨な説教が待ち受けていると予感した。

「社長、すみません」と社長室に入るなり頭を下げた。

「何が？」と田沼はイスに踏ん反り返ってオンエア中のテレビ画面を観ている。

「私の企画が、数字が悪く……」

「それはいいよ」

「ほとんど石井さんに編集をしていただいたんですけど、私の初めての企画が散々で。本当に……私」

「そんなことは最初からわかってんだ！」

突然田沼の荒っぽい声が社長室に反響した。

「わ……わかっていたって……」

「おまえは勘違いしている」

田沼の真剣な表情に、これほどの圧力が感じられたのは初めてだった。それは社長という立場を背負った威圧感なのか、テレビ業界人特有の凄味なのかわからなかった。

「おまえはわかってないんだよ。関東の2％が観ているんだから大きな価値があるとわかってないとか、そんなクソどうでもいいことじゃない。その2％のほとんどはつけっぱなしでどうせ観てないし、アフガンなんか観たくないとすぐチャンネル変えた2％の七割はCM明けの天気予報で戻ってくるとデータでわかってる。ただこういった海外紛争のネタを挿入することで番組の論調に信頼が出るんだ。『現地の人の命を大切にしたらしい大木さんて医者の一周忌を報じる番組なんだから、コロナで言ってることもやっぱり正しい』と認識させる。意識しなくてもそう染み込ませることが大事だ。費用かけずにやるのも大事。だからいいんだよ、おまえの提案は」

　しおりは立ち尽くしている。言われたことが十全に理解できないまま、煮え切らないものが心で濁り始めているが、その濁りを作る成分がわからず、戸惑いが大きくなっていた。

「おまえなんか二十年前のテレビ業界なら司会者に尻触られたり、体を張ったリポートが危なくないか試して骨折したり、局や代理店の人と飲んでる店に呼ばれて王様ゲームでずっと罰ゲームやらされたり、それだけのもんだ。ＡＤ止まりで辞めただろう。それが全国ネットの番組で自分の企画を通せるんだ。いい会社だよなあ。給料は安いけど。がはは」

　最後に自嘲気味に笑うと、「用件は一つ」と続けた。

「太陽クリニックの藤田先生ね。顔が使えるから次はリモートで出てもらおう。手配しろ」

　田沼はコートを着ながら話し、「高齢女性もイケメンには勝てないなあ」と明るく言い、しおりの横を通って出ていった。

ドアの外から「局に行くから。そのあと代理店寄ってから会食。戻らないかも」という田沼の声が微かに届いた。

どのくらい立ち尽くしていたかわからない。しばらくして「絞られた？」と、ゆみ先輩が半分開けたドアから顔を覗かせた。

「ま、座ってクッキー食べなよ」

ひとりになりたいと思ったが、テーブルに置かれたクッキーがオレオだったので、促されるままにソファに座った。

「いい仕事したんだから、落ち込むことないよ」

向かいに座るゆみ先輩は数字については触れない。つまりは社長の狙いをあらかじめ知っていたとわかった。力なくクッキーをかじる。

「しかし社長はあくどいからね！」とゆみ先輩が声を上げた。「局と代理店にゴマスリがすごいしさ」

あえてそんな話を持ち出して、励まそうとしているのが痛いほど伝わった。

「それどころか〝バイト〟でも稼いでるからね」

「バイト……社長が、ですか？」

「出演者に『マスクが大事』『マスクしてないから感染』とかＣＭ前に念押しで言わすじゃない？　その後にマスクのＣＭ入れてるし。いろんなマスクを紹介するトピックスもやって、マスク作ってる会社からちゃっかりお金貰ってるからね」

「そ、それって、賄賂じゃ……」

「行き付けの飲み屋の、ほら宴会で使った六本木のカラオケ店も番組で紹介して客が入るようになったからタダ飲みしてるし。ママと関係してるのは元々らしいよ。あの飲み会にいた代理店の若い人とつるんで悪どいこともしてるってさ。一時期エンディングにロックバンドの曲流してたじゃん。番組と不釣合いの」

「あ。ＭＶも流れて……」

スタッフ名や協賛が流れるエンドロールが出る間、女性ボーカルと革のジャケット姿の男性で構成されたバンドの映像が流れた時期が三ヵ月間あった。ワイドショーとは不釣合いな曲だった。

「レコード会社から金貰って、相島と分けてるらしい」

いくらくらいなのか、しおりは聞けなかった。

「小杉さんも負けじとバイトしてるけどね。あの人は色気なしだけど、キャスティングしたタレントの事務所からマージン貰ってるよ」

コソコソ話をするように口の横に掌を立てて話すゆみ先輩。噂話をしているうちに、しおりは元気が戻りつつあった。

「出演者でもそうだから。村田先生いるじゃない？　他の番組だと冷静にしゃべっている……」

「村田クリニックの！　私もそう思ってました！　うちの番組では煽ること言って……」

「それはまあワイドだしお願いしてる通りだけど、出演いただいていて言うのも何だけど、自分の病院が赤字で、借金して検査体制整えたから、やたらコメントが検査のことばかり」

「だからだったんですか」

「この前なんか『うちの検査料金しゃべっていいですか？』と頼んでたよ。さすがに社長も断ったけど」

「幻滅ですね」

「湾岸戦争の時にテレビに出まくって儲けて家建てた軍事評論家いたじゃない。湾岸御殿とか言われてる。あの人のコロナ版を目指してテレビに出まくってるから。みんなテレビに出始めると最初とは変わるから」

そう言われると、言い返す力が失われた。私も少しずつ変わっているのだろうか……。

「ね。悪いヤツばかりだから、あまり気にすると体がもたないよ」

「はい……。ゆみ先輩はタフですね。慰めてくれてうれしいです」

「わたしも人間じゅうたんで鍛えられた口だから」

恥ずかしげに俯いた後、少しもったいぶり、ゆみ先輩が話す。

「石井君がね。『しおりん、落ちてそうですね。手伝った僕にも責任あるから。このクッキーを持っていってください』って言うから」

「え！」

即座に二つのことがよぎった。拓郎さんが陰では「しおりん」と呼んでくれていること。私の好物がオレオであると知っていること。会社で食べたのは二回くらいのはずなのに……。

「ま、悩みがあれば、私か石井君に言えばいいよ」というゆみ先輩の助言は耳に入らなかった。視界はクッキーの箱で埋まっている。

「うれしいです」と思わずにやけてしまい、ゆみ先輩の「きっきまで凹んでいた女とは思えない」という呆れた声も耳に入らなかった。

音声を消しているスマホに、何度も同じ人物からかかっていることにも気づけずにいた……。

渋谷　個室処ＪＩＮ

そのライン通話に出た時は渋谷駅前を歩いていた。

藤田健太への依頼は、通話だと「渋谷なら今から会いませんか」と言われかねないのでラインでもなくメールで、リモート出演の詳細を送った。

藤田からのアプローチにイヤな気はしないが、恋愛する前に、拓郎やゆみ先輩のような誠実でタフな業界人にならなければならない。拓郎さん……と肩に掛けたカバンに忍ばせたクッキーの箱を見下ろした。しばし浸ったいい気分は、その通話で掻き消された。カバンから取り出したスマホに映った文字は〝母〟。

北関東の寂れた町に住む母は何かというと通話してきては「なんでマンガ喫茶に泊まるんだ？」「テレビでやってたけど夜の新宿は犯罪ばっかりなんだろ？　アンタ大丈夫ね？」「米送ろうか？」と、疲れた脳には厳しい話ばかりだ。なので最近は、通話が来ても返していない。しかしこの三日は頻繁に通話がきていた。

「はい」としおりは仕事場より3オクターブ低い声で出た。疲労を演出すれば家族の愚痴が始まったらすぐに打ち切れるという作戦だ。

「おじいちゃんが肺ガンで死にそうなのよ」

　え？

「入院してるの」

　脳のOSが処理するまでに時間がかかった。が、事実を飲み込めてからはフル稼動で言葉を吐き出せた。

「肺ガン？　なんですぐ言わないのよ！　大丈夫なの？　いつから……」

「アンタ、電話に出ないじゃないか！　何度も電話してるのに。前からおかしいおかしいって言ってたけど、三日前にわかったのよ」

「なら、ラインすればいいじゃん！　年末だから帰れるよ！　番組は年末年始は休みだし。何なら明日、金曜の本番終わりに……」

「いや、いいよ。帰らなくて……」

「いいって……大丈夫なの？　死にそうなんじゃないの？」

「まあまだわかんないけど。アンタ、東京だろう？　コロナじゃなーい？」

　なぜか母は語尾を上げた。

「え？」

「東京はコロナ多いじゃないか！　帰ってきたってどうせ病院には入れないよ？　お父さんがたまに入れるくらいだから。大変なんだから」

「大変て……コロナ患者で病院が？」

「町内でふたりいるんだよお！」と母が突然声を上げた。「コロナがふたりもお！　みんな知ってるんだから。あそこの家はコロナ出たとか、そんな話してるから。帰ってきちゃダメだよ！　おまえが帰ってきたって近所に気づかれたら大変だよお」

「そ……そう言ったって、そっちは陽性者ってそんなに多くないはず……」

「おまえの番組でもやってるじゃないか！」

母は話をさえぎって叫んだ。

「東京から広がるって！　おまえの番組でやってるよお！　田舎に帰るなって。おまえ来たら大変だよ。お母さん、近所からにらまれるう」

母は興奮している。

「大丈夫だよ。そんなことでおじいちゃんと会えなくなるのイヤだよ。とりあえず会社に許可とるから。検査してから帰るから、それならいいでしょ？」

無理に母を説得してから、ゆみ先輩に通話した。「すぐ帰るなら社長に直接言ったほうが話がまどろっこしくならなくていいよ」と言われ、社長に電話したが、出ない。再度かけたゆみ先輩の話では「渋谷のいつもの店」と。その店には一度、書類を届けに出向いたことがあるし、近場だ。

しおりは渋谷の桜坂（さくらざか）の坂を駆け上がり、繁華街から外れた通りの高級な和食店に向かった。

個室処ＪＩＮはコンクリートの衝立で個室が仕切られた店だった。入り口で社長のいる個室を教えてもらい、黒いコンクリートの仕切りに遮られた通路を歩く間、「叱られたばかりですみません。祖父がガンらしいんです。帰省して良いでしょうか」を口の中で反復した。

コンクリートの仕切りが途切れ、個室の幅一メートルの入り口に暖簾（のれん）があった。くぐる時に、低い声が中から届いた。

「コロナをしゃぶり尽くせ」

それは前に聞いたことのある声だとわかった。だが、凄味があるからか、すぐには思い出せなかった。

その声は続いた。

「広告費は局全体で落ちてる。だが番組には一月から保険のスポンサーが入る。タチバナ製薬は関西までシェアを広げると昨日約束してくれた。番組で取り上げたウイルス除菌空気清浄機もバカ売れしてメーカーは大喜びだ。これからも感染グッズ中心にいける。与党は『モースタ』だけでなくこっちの番組も観てる。論調は僕らが作る。このもっと煽れば来年も自粛を続けられて、今いる視聴層は変わらずテレビを観る。この一年で恐怖を植えつけられて、視聴者はもうコロナ浸けだ。お互い出世できるし、番組も続く。コロナでの失業率は2・5パーから3・5に上がったあとは少し停滞したから、自粛で失業者が微増しても経済界が何か言ってくることはないだろう。甘い汁を吸えるだけ吸おうじゃないか」

ドスの利いた声に足がすくみ、暖簾に掛けた手が震えた。なぜなら暖簾の隙間(すきま)から見えた背中は紺色のスーツ姿で、チラリと銀縁メガネが見えていたからだ。人間じゅうたんで、わざと尻を踏んで歩いた男の……。

パン……。

足下から音がした。カバンからクッキーの箱が床に落ちたのだ。振り返った相島の鋭い目が、床から自分のほうに上がり、しおりは寒気がした。

「何の用だ」と、向かいの席の田沼はビールのグラス片手に静止した。

脚を組んで振り返っている相島が歯を剝き出してわざとらしい笑顔を向ける。

「ＡＤ君！」

そしてグラスをしおりに差し出した。

「君の仕事に乾杯。ようこそテレビ業界へ」

四章（第四波）ショウ・マスト・ゴー・ホーム

二〇二一年二月　列車

しおりは上野駅から乗った列車で実家のある町に向かっている。第四波と呼ばれる感染が春には広がると予測される中、三月は四月からのコーナー刷新で忙しく、この時期だけ二日間の休みが許された。徹夜して業務を終えた朝一番に列車に乗り込み、一泊して戻るので、実質一日だけの休暇だ。

「あの人は大丈夫だろうか……」

心中に気になる人がふたりいた。一番気になるのは祖父だが、二ヵ月に及ぶ抗ガン剤治療は順調らしく、とりあえず命の心配はない。

もうひとりは、今日、スタジオ生本番に初めて臨む藤田健太のこと。二回ほどリモート出演してもらうと、小杉がカマキリみたいに目を細め、「彼は顔だけじゃなくて、しゃべりもスマートだねぇ」としおりにヨイショしてきた。山辺のリサーチによると「女性視聴者にウケがよく、ツイッターでも注目されている」と。だが瞬間視聴率が上がったわけではないので、一～二分の出番の藤田目当てに番組を観る層はまだ少ない。生出演させて、そのワンロールで視聴率が上がるか知りたいのだろう、としおりはわかった。

「まだ内科医の助手の仕事しかしてない……」としおりが言っても、「いいからいいから」と小杉は取り合わなかった。

大丈夫だろうか、としおりは心許ない。

「そうだ、到着までの時間も活用しなきゃ」と思い出し、スマホで時間がある時にいつも見るサイトを開く。画面には六十代の薄い白髪の男の顔写真の下に《猪俣孟（いのまた・はじめ）》と書かれている。ちょうど一年前、『スーパーワイドプラス』で新型コロナに関して解説してもらっていたが、テレビ映りの悪さやたどたどしい喋り方で出演を見合わせられるようになった。出さなくなった本当の理由を、後にしおりは理解した。インフルエンザと比較したり、詳細なデータを用いる専門家は用無しになったのだ。

しおりが興味を持ったきっかけは、去年の夏、社に置いてあった新聞のインタビューだった。

《自粛やマスクは感染対策ではなく、日本的な世間体のルールと化している》

猪俣先生はそう述べ、その原因はメディアにあると告げた。

《メディアが新型コロナの危険な部分ばかりを切り取り、自粛しない一部の若者を一生懸命に報道し、時にインフォデミック（誤情報の氾濫・拡大）を起こすことにより、人々は萎縮し、テレビに新たなルールを求めるようになった結果、経済打撃や他の病で適切な治療を受けられずに失う命もある。決して新型コロナウイルスを軽んじてはならないが、テレビがコロナをコンテンツ化させて視聴率を稼いでいる限り、本当の収束は見えないのではないか》

その新聞インタビューを読んでから、しおりは時折、猪俣のブログを覗き、病理学者でありながらウイルス学や免疫学の研究経験のある猪俣の見識を参考にしていた。だがそういった勉強の成果は制作会議で却下され、いつしか提案しなくなっていた……。

列車内で開いたサイトでアルファ株について書かれたブログを読んだ。が、科学的な文言を読んでいるうちに寝不足のせいで目蓋（まぶた）が重くなった……。

藤田健太・スタジオ生本番

藤田健太はその朝、出かける前になって院長の言葉が蘇っていた。生出演が決まった時、院長は「いいんかなあ、いいんかなあ」と首を傾げていた。看護師の女性たちが「感染対策をしゃべるだけですから、大丈夫ですよ」と言い、渋々納得した院長は昨日、こう言ってきたのだ。

「指定感染症二類相当だからうちではコロナ患者診られないけど、医療逼迫している時はコロナの疑いの方、うちのように少し余裕があれば診られるクリニックはあるから。医師の団体は嫌がるかもしれないけど、診られるクリニックもあります……って進言してもいいかもしれないよ」

いい人だからなあ、と健太はスーツに袖を通しながら溜め息を吐く。研修医を終えた後、勤め先が決まらない健太を「手伝いながら勉強しなさい」と院長が引き取ってくれた。町医者一筋五十年で、自分より高齢な患者から子供まで、誰にでも親身に診る良心的な内科医だ。だから大学院の時に研究員となる出世コースから外れたんだな。

玄関のクローゼットから、取って置きの革靴を取り出す。そして脇にある鏡を見やる。グレイで少し光沢のあるスリムのスーツ。そして茶の長髪の隙間から大きな瞳が輝く。

「きっとあの女も、僕を見違えるに違いない……」と鏡の自分に微笑んだ。

健太自身、テレビにはさほどの興味はなかった。テレビに出れば、よく来る女性患者から「観たわよ」と言われるだけだろうと。それも悪い気がしないが、しおりに恩を売って、仲が進展することが第一の願いだった。

「これがあの女を落とす絶好のチャンスだ」

鏡の自分に言い聞かせ、ドアを開けた。

予期せぬ落とし穴にハマり、出られなくなるとは微塵も予想できずにいた。

地下鉄の乗り継ぎに手間取ってしまい、時間に遅れた。テレビ局の受付で番組名を言って、指示された階までエレベーターで上がると、楽屋とスタジオがあるらしいフロアのエレベーター前の狭いスペースで待つことになった。

出番は、番組開始四十五分後と聞いていた。

「番組が始まってる時間だよな……」

まだ午前だからか閑散とした休憩スペースで自販機の紙コップのコーヒーを飲んでいると、だんだん緊張してきた。だが、リアリティーがない。

僕はこれから本当にテレビに出るのか？　そう自問していると、突然スタッフらしい男性が「藤田先生、時間です」と呼びに来た。あとをついて足早に廊下を進む。

そして重い扉を開けてもらい、スタジオに入ると突然四人の男に囲まれ、四方から声が飛び、先導された。

「先生、おはようございます」「先生！　こちらです」「藤田先生、お願いします」「CM中にスタンバイお願いします」「先生！　マイク付けますので」

健太は、頭にヘッドホンに似たインカムを付けた人がADとわかった。だがスーツ姿ややけに汚いジーンズ姿の人は何の係なのか？

「せん……先生と呼ばれると、ちょっと語弊が……」

眩しいライトに目を細めながら誘導されるがままにスタジオ中央に進む。気づくとスーツの下から通された小さいマイクがスーツの襟に留められていた。高さのあるイスに座らされる間、音響のスタッフらしき小柄な男が襟のマイクに「あ、あ」と声を発し、すぐに退散した。

襟から顔を上げると正面にカメラが三台ほどあり、左端の席から反対を見ると、右側にはいつもテレビで観るベテラン局アナの西川とモデル時代に健太が雑誌でよく見た泉マヤが立っている。泉マヤがスリムのワンピースの股間あたりに両手を添えて健太に丁寧にお辞儀をし、健太はなんて言えばいいのか戸惑いながら「あ、よろしくです」とお辞儀した。西川は腰の高さの小さいテーブルの上の台本らしき紙に目を落としていて、カメラ横のスタッフが「三十秒前」と声を出すと老眼鏡を取って背広のポケットにしまった。

「嘘だろ……」と健太は平常心を失いかけた。「あと三十秒で、僕は生放送に映るのか」

心臓の音が聞こえた。こんな時は腹式呼吸をして周りにバレないように鼻から息を出して落ち着くべきだ……。

その時、初めて思い当たった。しおりは……どこに。

「3、2……」とADが言いながら指を折り、人差し指だけとなった直後、泉マヤが「『家庭で出来る感染対策』、今日は太陽クリニックの藤田先生がお越しです」と話し始めた。その姿が目の前のモニターに映る。この画面が全国に流れているとわかった。

「藤田さん。アナタ、主婦に人気!」とCM前と変わって陽気な表情で西川が話す。

「よ、よろしくお願いします」と声を発した。呟き程度なのか、これでいいのか、自分の声量の度合いがわからない。

「高見沢さんなんか藤田先生がリモートで映るたび興奮してましたからね」と西川が振ると、健太の隣で「だから今日は生健太が見られてうれしいのよ～」とアクリル板を挟んだ還暦近い女優兼エッセイストが言う。テレビで観るよりかなり老けていた。

家庭で出来る感染対策に話が移り、用意した文言をしゃべる。

「今日は、ですね。スタジオですから、前にお話しした手洗いの実践を……」

説明している最中は、事前の打ち合わせ通り作成されたパネルの手洗い・うがいのイラストが映されていて、緊張は多少緩和していった。

「藤田さん。あえて呼ぶなら健太先生。どうですか？　都内のクリニックで働く町医者さんたちの現場は？」

打ち合わせでは「ひとりの命も死なせない、という趣旨でコメントいただければ」と言われていた。

「もし知らずに感染されていると、高齢者さんだと亡くなるリスクがありますし……」

院長に言われたことがよぎった。〝うちのように少し余裕があれば診られるクリニックはあるから。医師の団体は嫌がるかもしれないけど、診られるクリニックもあります……って進言してもいいかもしれないよ〟

だが、実際にゲスト席でしゃべっていると、僕がテレビでしゃべっていいのか？と大きな疑問がのしかかった。全国ネットで僕なんかがしゃべって、もし明日、全国のクリニックにコロナの疑いのある人が押し寄せたら……。そもそも医師の団体が納得しないんじゃないか。僕の話した番組を観て、医師の団体ににらまれたら、うちの小さなクリニックなどひとたまりもない……。

「……ですから、コロナの疑いのある方はまず、クリニックに来られるよりも、保健所にご連絡をしたほうが、ひとりの命を守れるのかもしれません」

気づくと、あたりさわりのないコメントを口にしていた。しかしそれ以外の選択肢はないとはっきりしていた。とにかく喉がカラカラで、この場から逃げたくなっている。

しゃべりがたどたどしくなったと自覚した時、「だから政府は保健所の整備をしなきゃダメなんだよ！」と、MC席の横の評論家の菅沼がテレビと同じように力んだ。僕をフォローしてくれたんだ、と思った。

「そ、その通りですよ！」と思わず大きな声が出ると、高見沢郁子が「まあ、立派な若者」とウットリするような笑みを浮かべた。

「命の選別があっちゃいけない。私たちはそんな気持ちです」と西川がまとめた。

地元の町

しおりは、駅から徒歩十五分でその病院に着いた。母の口振りからコロナ対策で厳重な態勢が敷かれているかと思いきや、受付で「家族です」と言うと、用紙に記入し、セルフでアルコール消毒すれば四階へ行く許可がすんなり出た。

四人の相部屋の病室に入ったとたん、高齢男性のうめき声がこだましてひるんだが、声の主は祖父ではなかった。

「こまの　ひろたか」と平仮名で書かれた札が、隣の患者との仕切りの壁に掛かっている。

予想に反して祖父はベッドに腰掛けて、小型ラジオのイヤホンを耳に入れていた。

「おじいちゃん！」と感極まって声を上げたが、祖父はすぐには気づかず、窓を遮る人の影で少し暗くなったと気づき、顔を上げた。窓からの日光を背にしたしおりを眩しそうに見上げた。

「元気なの？　平気？」

大学卒業以来二年ぶりに会った祖父の第一声は、「おお、しおりか」でも「いつ来たんだ」でもなかった。

「美奈子さんは、どうした」と力ない声で言った。

「ミナコさん？　あ、お母さんのことか。私が行く時間に来るようなこと言ってたから、さっきラインしといたけど」

「そうか……」とぼんやり窓のほうを眺めた。「でも、来ないだろう。あれ以来、よりつかない」

「あれ以来？」

返事はなかった。九十歳近いわりに多かった髪の毛はしおりが幼い頃の記憶のままの白髪の横分けだが、抗ガン剤のせいか薄くなり、髪に力はなく、皺だらけの顔は二年前よりかなり痩せている。パジャマからは防腐剤の匂いが漂った。

「仕事は、どうした。がんばってるんだろ」

「うん。一日だけ休んできたよ。番組観てくれてるの？」

「家でも、入院してからもな」と口元だけで微笑んだ。変わらない面影に、しおりはほっとした。おじいちゃんだけは、報道の仕事がしたいと訴える女子高生のしおりに賛成してくれた。

「治療は順調なんでしょ」とやさしく話しかける。「病気すると、私もお医者さんや看護師さんてすごいと思うよね。命に関わる仕事してる人って」

しおりはなるべく明るく話そうと努め、おどけてみせた。が、祖父はぼんやりと窓を見ている。

それからしおりは丸イスに腰掛け、ぽつりぽつりと会話を続けた。治療が順調なことを聞き、自分は明日には帰らなきゃいけないこと、面会はコロナ対策であと二十分しかないと伝えた。

「コロナの人も院内にいるかもだから、気をつけなきゃね」と、避けていた〝コロナ〟という単語に触れた後だった。

「おまえの番組、観てるから、よくわかるよ」

なぜかそこで俯き、自嘲気味に笑う。

「おじいちゃんは、お迎えが来ただけだ」

祖父が呟くように言った時、斜め前のカーテンで仕切られたベッドから「うううあああ！」と患者がうめいた。

「そんなこと言わないでよ」

「おじいちゃんは昔、呉にいただろ」

「ん？　おじいちゃん、ここの地元じゃないもんね。広島だもんね」

「しおりが遠足で行った広島市じゃないよ」

「修学旅行ね。よく覚えてるね！」

「写真見せてくれたろ。呉は隣で、工場がたくさんある町だ。工場がたくさん爆撃された。この話、昔しおりにしたかな」

「したかも？」

なぜそんな話を今するのか不思議だった。

「おじいちゃんの家族は死んだか、行方知れずになった。おじいちゃんだけ生き残った。小学生だったけど、工場の鉄屑が散らばってるとこを、下を見ながら歩き回ったよ。食べ物を探してな。でも何もなかった。歩き疲れた時かな、小麦粉持ってる家族と出会って、鉄の板で焼くって聞いたのかなあ。おじいちゃんは鉄の板を拾ってきたんだ。そしたら小麦粉を焼いたのを、少しくれた。それからは歩いて、何か食べ物を持ってる人を見つけたら、鉄の板を拾って、近づいて渡して、運が良ければ何か焼いたのを分けてもらえた」

「あ、それって聞いたよ。お好み焼き！　おじいちゃんがよくスーパーの店頭の屋台のお好み焼き、買ってくれたもんね。その時に何回か聞いたよ」

「そうそう。そうだったな」

うれしいのか、祖父はそこでにんまりと笑った。

「いつ死んでもいいと思ってたよ。ひとりぼっちだったからね。この町に移ったのは、だいぶあとだ。何もないこのあたりに越した。豆腐屋の娘と結婚して、死ぬ気で働いて、しおりのお父さんが生まれて、中古の一軒家を……で、なんだったかな」

話し疲れたのか、言葉を区切った。

「隣町でおまえが生まれて、おじいちゃんはひとりになって……でもおかしなもんだ。この年になっても、まだ死にたくないとはな」

そこまで言うと、しばらく沈黙した。しおりは話すのを待った。

「おまえが作ってるテレビを観てると、それがよくわかる」

その言葉の意味がわからなかった。誉められているのかもしれないし、もっと別の意味がある気もしている。

「私は使い走りで、まだ作ってる立場とは言えないけどね」と照れてみせた。

「おまえの母さんを見てても、わかる」と、突然に目元が厳しくなったと感じられた。「みんな自分のために生きようとしているのが、な。時代が変わっても、人の欲は変わらん」

そこで、しおりを見上げた。

「おまえも命を左右する場所で働いているんだよ」

その一言にはなぜか力が感じられた。それを言いたくて会ったようにも思えるほどの。しおりは、祖父が番組の作り方を見抜いている気がして、少し気恥ずかしさを感じた。

「お父さんは、元気なのかな」と笑顔を作り、話を切り替えた。「私、お母さんとはラインするけど、お父さんとは電話でも話さないし、そもそもお父さんて無口だし……」

「美奈子さんの、言いなりだからな」となぜか笑った。

「あ、もう面会の時間が……」

しおりが言うと、祖父は座ったまま腰を伸ばして「ちょっと待ってな」とベッド横の壁際に設置された小さい棚に手を伸ばした。その動作だけでしんどそうで、時間がかかった。

祖父はチャックが付いた小さい財布からくしゃくしゃの札を出し、しおりに差し出した。

「会社の人に、何か買っていきなさい」

「え、いいよ。お見舞いに来たのに、忙しくて手ぶらだし」

無理矢理に握らされたくしゃくしゃの五千円札と、小さい財布が、しおりを悲しくさせた。九十年近く生きてきた老人の手にある、チャック付きの小さい財布から、小銭の音がする。

「おまえは、誠実か？」

唐突な問いが投げかけられた。質問の真意がつかめず、答えられずにいると、祖父は「おまえが誠実なら、きっとご褒美があるよ」と幼いしおりに向けたのと同じ笑顔を見せた。

外に出ると、クラクションが鳴らされた。母の車は病院の前の側道に停まっていた。

「え？　お母さん、今来たの？」と話しかけると、窓を半分開けて、「あ、まあ、ほら、お母さん、仕事があるから」と口ごもった。母が二重マスクをしているせいで、よく聞き取れない。

「見舞いの時間はないけど、おまえが帰ってくるから来たんだよ」

娘が大学卒業以来に帰省したのに喜びはなかった。祖父が入院しているから騒げないか、と思った。

「ちょっと。開かないけど。乗せてよ」とミニバンの助手席のドアをいじったが、

「だからこれから仕事だから」とそっ気なく返された。

「おまえ、家に泊まるつもりなのかい」

「当たり前じゃん。実家なのに。まさか、私からコロナが移るとか……。ちゃんと検査したから！」

「でも、東京から戻ってるって知られたらさ。ホテルとってなかったのかい」

「ホテル？　なぜ！」

「うるっさいんだよ。近所のみんな。西橋(にしはし)さんいるだろ？　ずっと町会長やってる家の。あの人が言い触らすの！　あそこはコロナだ、どこそこの家は里帰りした息子が広めたとかって」

しおりはしばし立ち尽くした。後続車にクラクションを鳴らされ、ドアロックをようやく外してくれて車に乗れた。が、車内で親子は険悪な雰囲気になった。「お祖父(じい)ちゃん、なんか言ってたか？」「お金のことは？」とよくわからない質問をしてきたが、しおりは「別に」とだけ答えた。怒る意欲がなかった。なぜなら、コロナ感染を

恐がる母の言い分がわかるし、その言い分はしおりが仕事をしているワイドショーや他の番組の影響があるからだ。

「ここでいいよ」と家の近くで下車すると、母は去り際に「おまえの部屋は散らかってるよ」と言い捨てた。

トボトボ歩き、町でもっとも大きいスーパーに入った。自然と足が向いたのは、子供の頃によくきた場所だからだ。

十年近く前にチェーン店のスーパーに変貌してからは、高校生になったこともあり足は遠のいていた。

〝魚、魚、魚！　毎日食べようサ・カ・ナ！〟と軽快な歌のBGMと〝新型コロナ感染対策としてソーシャルディスタンスをとり、3密をさけ、マスク着用の徹底をお願いしています〟という女性の録音音声が繰り返される。

しおりは少なからず驚いていた。平日の昼間で閑散とした店内のほとんどを高齢者が占めているのは、都内と大きな違いはない。だが着ているダウンジャケットやコートが着古したようにすすけている人が目立つ気がする。デザインや色合いも地味で、安物とわかる。もちろん恵比寿や白金のスーパーにいるセレブな出で立ちは見られなくても、マスクで顔を覆い、目もメガネや前髪でほぼ隠している高齢女性がカートを押して無言でレジに並ぶ様が、何となく無気味に思えた。感染対策で無言というより活気がないだけなのか。田舎の高齢化といえばそれまでだけど、私がテレビ業界で泉マヤさんとかきれいな人や活気あるコメンテーターと接しているからそう感じるだけなのか……。

〝魚、魚、魚！　毎日食べようサ・カ・ナ！〟

〝新型コロナ感染対策としてソーシャルディスタンスをとり、3密をさけ、マスク着用の徹底をお願いしています〟

泊まるのに必要な歯ブラシやタオルを買って外に出た。

かつて親子連れで賑(にぎ)わい、自分もおじいちゃんとクレープのように巻かれたお好み焼きを食べた屋台とベンチがあったスペースは、スーパーとつながったドラッグストアになっていた。

二年ぶりに戻った実家の、かつて自分の部屋だった六畳間で、しおりはそれと対峙(たいじ)した。部屋に入った瞬間、すぐに目に入ったその塊は、白い壁を連想させた。

勉強机や小さいラックと納められた本はそのままだったが、勉強机の前の、部屋の三分の一のスペースに、十二ロールで一セットのビニールに包まれたトイレットペーパーが山積みになっている。目算すると六セット掛ける高さ四セットで、二十セット以上。まるでドラッグストアの棚のようだ。

「まさか、去年の三月にトイレットペーパー不足の報道観て買い溜めしてから、少しずつ減っているんだろうか……」と考えて寒気が走った。

「私、このトレペに埋もれて寝るわけ？」

そう考えると、笑いたいような恐いような気持ちになった。

後退り（あとずさ）するように部屋を出た。廊下を少し行くと、夫婦の寝室から何か吐息を出すような音がした。おとうさん？　と思ったが、この時間にいるわけがない。恐る恐る部屋に近づくと、横滑りの戸が開いていて、それが見えた。

大きな空気清浄機が作動している。新品らしく、右下に貼られた円形のシールが剝（は）がされてなかった。〝ウイルス除菌99％保証！〟と書いてある。

「母は変わってしまったんだ……」と思った。

四月　テレビ局　スタジオ近くの倉庫

「同じ鍋がもうひとつ必要だろ！」

インカムで怒鳴られ、本番中に小道具を取りに戻る羽目になった。料理コーナーで使用する料理器具や折畳みテーブルなどが乱雑に詰まった倉庫で、前屈みになって「取っ手付き鍋、鍋」と探していると、突然声がした。

「やはりお尻が魅力的だ」

尻ネタを言う田沼とは声質が違った。振り返ると、若い声の主は紺色のスーツ姿の男だった。一気に記憶が蘇った。飲み会でのことや、渋谷の個室の店で社長の田沼と話していたことが。

「こ……ここはスタッフ以外、立ち入り禁止で……」

「失礼だね。僕も番組関係者だよ。代理店の担当なんだから。大手じゃないけど躍進中の会社のさ。ADくんはいつも関係者の間をたくみに縫って走るから、僕がスタジオ入り口で君を見つめているのを知らないのかな」

相島が後ろ手でドアを閉め、暗い倉庫でふたりきりになった。

「な……なんでしょうか？」と刺激しないように笑いかけた。こんな男でも、お世話になっている会社の人なのだから。「生本番中ですけど」

「生本番って！」と眉を吊り上げると、「卑わいなこと言うなよ」と一歩詰め寄った。

「なあ、君も一緒に甘い汁を吸わないか」

その一言で、渋谷の個室の店で田沼と密会していた相島が思い出された。

〝コロナをしゃぶり尽くせ〟

「前に、渋谷で話を聞かれちゃったから言うわけじゃない。いい仕事をしてくれたら、君は出世できる。田沼っちには僕から言うから。こちら側の人間になれよ。一緒に甘い汁を吸わせて、あ・げ・る」

「それ以上近づかないでください」と弱々しい声でしか言えなかった。「それに……番組を食い物にするのは、賛成できません。報道は、観る人のための……」

「報道って！」と相島はコンクリート剝き出しの低い天井を見上げた。「それもビジネスだよね。僕らテレビマンたちのさ」

そう言うとあっさりと後退りし、後ろ手でドアを開け、

「早くしないと料理コーナーが始まっちゃうよ」

と言った直後に閉ざした。

なんなんだ……、と立ち尽くすしおり。

「野々村(ののむら)さん、おひさしぶりでーす」と相島の陽気な声が廊下から漏れた。

e－ボックス・オフィス

社長の田沼もチーフDの小杉もその日の打ち合わせでは機嫌が良かった。その理由はしおりにもよくわかった。四月は裏に新番組が始まったが、『スーパーワイドプラス』は、最強ワイドと言われる『モーニングスタジオ』略して『モースタ』に次いで二位の視聴率をキープできているからだ。

「しかも経費を減らしてこの数字だぞ。がはは」と田沼は上機嫌で言ったが、誰も笑わなかった。給料が上がっていないからだとしおりはそれもよくわかった。

そして好調の理由は、田沼いわく「政府も都知事もネタが尽きない」からだ。

「マンボウ？」

四月のある日、帰宅途中のしおりは石井拓郎からの通話の一言に、すっとんきょうな声が出た。

「今日は……マンガ喫茶じゃなくて、帰宅するんです……」と、もしかしたら誘われる気がして照れて答えると、「マンガ喫茶のマンボウじゃなくて、政府の要請」と話を遮られた。

〝まん延防止措置〟と説明されても、数日遅れのエイプリルフールかと疑った。しかしそれは本当の政策だった。

そして数日後、社長室でのミーティングで田沼と小杉は喜びを隠せない様子だ。

「まん防の次は、酒禁止だってよ」と田沼が社長イスにふんぞり返ってあざ笑う。

「生きているうちに禁酒法を体験できるとは思いませんよね」と小杉が露骨にヨイショする。「社長の言う通り政府も都知事もうちの番組観てますよ」

たしかに番組では、飲食店からの感染をことあるごとにコメンテーターに言わせている。笑い合う小杉と田沼のふたりをしおりは〝悪のタッグチーム〟と心の中で呼んだ。

脳裏に、渋谷の高級な個室の店で耳にした田沼に話す相島の言葉を思い返している。

〝論調は僕らが作る〟そして〝コロナをしゃぶり尽くせ〟

その言葉通りに番組では「コロナ太り解消法」「コロナで受験どう変わる？」「コロナで得した人　損した人」などコロナの文言で企画を立てた。

田沼が得意気に話す。

「視聴者というか国民の多くはついてきてる。『飲食店だけで感染するわけないだろ』と思っていても、文句言わずに従うからな。『まん防って全国の知事のやってる感だけで何が変わるんだ？』と思っていても、深く考えない。『酒を飲むと感染するウイルスなのか？』と呆れても、酒を提供しない。いい傾向だな。しかも対抗する野党が『ゼロコロナ』と言ったのも追い風だ」

「『モースタ』の視聴率まであと一歩、ですね」とノートパソコンを開いていた山辺が言う。

「あそこは突っ走ってるよなあ」小杉が口にする。「『コロナ王妃』と言われるあのオバちゃんもすごい。批判が多くて出なくなったけど、専門家なのに髪染めたり、服装がドレスになったり、派手にエンタメ化したのがテレビ的。ピアノの前に座らせたらフジコ・ヘミングみたい」

田沼が「がはは。それいいね」と小杉と笑い合い、しおりもつられて「プッ」と吹いたが、拓郎も山辺もゆみ先輩も笑わなかった。

「うちもスターを作ろう。長崎恵子（ながさきけいこ）、どうだ？」と田沼が言うと、拓郎が「経済評論家……ですけど」とクールに言う。週に一回出ている三十代の評論家だ。

田沼が「あの人、オールマイティーだから。美人だし、ファンもアンチも両方多いのもいい。今電話して聞いてみろ」と社長室の机上の柿ピーを口に入れながら気軽に言う。

ゆみ先輩がスマホをいじりながら社長室を出た。田沼がゆみ先輩の背中に「試しに『コロナのご意見番的な立ち位置どうですか？』とか探ってみてくれ。出演も増やしたいからと」と付け加えた。

ゆみ先輩は案外早く戻ってきた。

「マネージャーから『CM決まったので反感買うことは避けたい』そうです。即答されました」

「あっそう」と田沼が落胆した時、しおりのスマホが鳴った。祖父からだった。

「あ、ちょっと」とソファから立ち、社長室を出る。

「おじいちゃん、どうかしたの？」

「あ……うん。用があったから電話したんだ。忙しいなら……ライン？　それ送るよ」

祖父にはラインを教えてあげて、ふたりだけのやりとりをしようとしていた。

通話を終えて戻ると、「わはは！」とみんなが笑い合っていた。

「私がいない間に何かありました？」

「今ニックネームを考えてて、盛り上がったのよ」とゆみ先輩。

「太陽クリニックの藤田健太くん。〝くん〟て呼んじゃまずいか」と小杉がニヤニヤしながら言う。「一応、専門家だものな。出るたびツイッターの人気が高いから、最初〝コロナ王子〟って考えたけど『モースタ』の真似ってバレるし、〝コロナプリンス〟はどう？　とか〝コロナ皇太子〟とか出てさ、結局〝命のプリンス〟になったから」

なったから、って……。

「月一で出てもらって三回だろ」と田沼が話を引き継いだ。「いつも『一つの命を守るために』って言うじゃねえか。回を追うごとに文化人的な雰囲気になってるとこもいけるだろう。しおりん、頼む」

頼むって……。

社長や小杉だけでなく、ゆみ先輩も誰もが笑顔だ。全員の顔が悪魔に見えた。

「クリニック勤務というだけで、医者のキャリアはほぼないですが……」としおり。

「そこはぼかしてるわけだし、他の番組の専門家も大したキャリアじゃないのいるから。あくまでコメントは彼個人の声だから、うちは関係ない。じゃ解散」

田沼の一言で、誰もが立ち上がった。

どう藤田に言えばいいのか、言えばまた誘われるのか、といろんな考えを交錯させていると、「しおりん」と田沼に呼び止められた。

「おまえは見込みがある。上っ面の正義感はムダだが、使える。相島もそう言ってるしな」

「は、はあ……」

「勤め始めて一年経つし、ＡＰの安田の補佐もやってるし、明日の振込み分から給料上がったからな」

「え！」

まったく予想してなかった一言に、思わず歓喜した。

「い、いくらに……」と無意識に声が漏れた。

「これだけよ、これ！」と田沼は得意気にＶサインをかざした。

「本当ですか。ありがとうございます！」

涙が溢れそうになりながらも深くお辞儀して社長室を出ると、すぐに確認したくなり、経理担当のデスクに向かった。二十万くらい貰ってもいいはずだよなあ、休みもなく家にも帰らずがんばってるんだから、十一万八千円は少なすぎる。

経理担当に、明日配付されるはずの明細を特別に渡してもらった。数字を見て、自分の表情が一変するのを自ら感じた。

勢いのまま社長室に戻った。

「十二万じゃないですか！」と思わずぶつけてしまった。

「よかったな」と田沼は目を見開き、Vサインを二度、強調した。「二千円アップ！のジュウ、ニ！　万円だぞ」

しおりは全身の力が失せて、口は開いたまま、明細書を持つ手がだらしなく垂れ下がった。

藤田健太・フレンチレストラン

藤田健太はワイングラスを揺らし、もったいぶって一口含んだ。そしてテーブルの横に立っている二十代の女性に「別にいいよ」とキザに言うと、差し出された白いハンカチを手にして、滑らかな字体で「Ｋｅｎｔａ　Ｆｕｊｉｔａ」と書き、ハートマークを添えた。

「ありがとうございます」と女性がお辞儀すると、健太は自分の胸に拳を当てて「命を、大切に」と微笑んだ。

日毎にサインが上達している、と思った。

テレビ出演の反響は大きかった。初回は院内の看護師や、以前から愛想よく近づいてきていた女性の患者だけだったが、二度、三度と出ると特に親しくなかった学生時代の級友から電話があったり、街で「あ、あの人、誰だっけ？」と指さされるようになった。

サインを求められ始めてから、気取った店にひとりで出向いて女性の視線を感じることに優越感を抱くようになった。

健太の意識を変貌させた出来事は二つ。コメントだけが採用されていた時はなかったギャラが、リモート出演で謝礼として二万円が振り込まれ、スタジオ生出演では「専門家の一律の出演料」として五万円になった。そして「定期的に出演お願いします」と言われてからは、一本二十万円になった。毎週一回で月に四回、計八十万円。

クリニックでの雑用もどきの名ばかり内科医の報酬の四倍じゃないか、と健太は驚きを隠せなかった。一年続ければ一千万になるじゃないか！

事前に、出番が書かれたフォーマットがメールで送られ、本番前の打ち合わせでディレクターから早口で「こんな感じでお願いします」と言われた通りにトークすることに、違和感はすぐなくなった。趣旨通りに「一つの命を守るために」と言えば、来週も無難に出られると理解していた。

もう一つはこれだ、とワインを飲みながらスマホでツイッターを開く。

#命のプリンス　トレンド7位。

順位は少し落ちたが、今や僕はトレンドだ。

《命のプリンス。スーワイの健太先生ステキ。与党議員の小波発言を批判なう。意識高い系のイケメンには勝てん》

これが過去のツイートでもっとも気に入っている。小杉というチーフらしいディレクターが「藤田先生はネットでもすごい人気。与党の議員が小波と言ったことも、できましたら批判してください。命が大切的な目線で。必ず当たりますよ」とカマキリみたいな目をして媚びてきた。

当たり、つまりディレクターの思惑通りヒットしたわけだ、と思うと自然と笑みがこぼれる。ヒットさせたのは僕だけどね、と笑いを堪えてワインを飲む。あそこで潮目が変わり僕は意識高い系に仲間入りした。ツイッターは僕の味方だ。

さっきサインを求めた女性が友達の女性ふたりと店を出る際、笑顔でお辞儀した。

「よくここに来てますから〜」と付け加えて帰っていく。

ふんわりカールされた髪が読者モデルみたいじゃないか、と健太は高揚した。しおりなんかにこだわる必要はもうない、テレビ出演に利用するだけ利用して一度くらいは抱きたいものだが、もう今の僕には女はいくらでも手に入る。

「すみませんね。サインしてもらって。いかがですか。お味は」

ウエイターが現われた。

「まったくかまわないよ。ワインも美味。けっこう酔うけど、うん、酔うね。さっき聞いたけど、銘柄は……ま、とにかく美味しいよ」

「ぜひ、テレビで宣伝してくださいよ」と冗談ぽい笑みを向けられ、健太は「ははは。体にいいワイン？　それもいいかな」とおどけた。

ワイングラスを回し続けていると、大きなグラスに映る自分の顔も回っていた。

ワンルーム

しおりは、祖父から届いていたラインを、部屋に戻ってから確認した。

《お母さんに、お金をもらいなよ》

何のことかわからず、翌日の朝に通話すると、言いにくそうだった祖父が口を開いた。

「家の名義を、美奈子さんにさせられたよ」

それはしおりが見舞いに行く前に成されたことだったという。病が発覚し、治療を始めた頃に、母が見舞いに来るたび、その話を持ちかけたという。その他にも、退院したら高齢者施設に入るよう勧められていると。

しおりは怒りのまま母親に通話した。仕事の合間に何度もかけたが、出なかった。深夜前に部屋に戻ってかけた際に出た母親は、「ああ」「そうだけど？」「おまえはいなかったから」と曖昧な言い訳に終始した。

「生前贈与だって財産分与なんだから当たり前だろ」と途中から開き直った話しぶりで「近所のだれだれさんもそうしてる」と捲し立てた。

「施設だっておじいちゃんのためを思って、お父さんと話して決めたんだから！　安くないんだよ！」と最後には怒鳴った。しおりの心は最初は怒りだけに支配されていたが、それがひどいことなのか、当たり前のことなのか判断できなくなっていった。

心には、様変わりしたスーパー前の、思い出のお好み焼きがぼんやりと浮かんでいた。

五章（第五波）　ＴＯＫＹＯ物語

二〇二一年七月　都内　飲食店

その日、撮影に向かうバンの後部座席で、いつものヨットパーカー姿のロケ担当の須藤が隣から話しかけてくる。

口下手なのに、飲み会での人間じゅうたんで隣同士に寝てから、「いろいろあるけど、が、がんばろうね」と声をかけてくれるのだ。その日は少し馴れ馴れしくなっていた。

「駒野さんだけだよ」と小太りの体をしおりに近づけて笑った。「社内で、ぼ、僕に気を遣ってくれるの」

「〝さん〟はやめてください。でも私も須藤さんには気軽に話せます」

「僕はテレビ業界っぽく……ないでしょ。田舎者、丸出しだし」

「そういう意味では……」

「で、でも僕には『スーワイ』でやりたいことがあるんだ。番組には疑問もあるよ。僕はワイドは……本当は好きじゃない。でもいつかチャリティーをやれたらいいと思うんだ」

「チャリティー？　うちの番組で、ですか？」

「僕は地元で、恵まれない子どもたちの施設で、ボランティアしてたんだ。たまに募金活動もしたけど、街角じゃ……ほんと、バイトでもしてそのまま寄付したほうがマシなくらいしか集まらない。テレビってやっぱりすごい影響力だよ。だから『スーワイ』で、例えば恵まれない子どもの特集して、募金を募るんだ」

「それってすごいアイデアですね！」

「でしょ？　そういうの、一回きりじゃなくて、定期的に、ね。大変な境遇の子どもは、たくさんいるわけだから。多くの人を助けるための、テレビ作りがあってもいいと思う。正直、ワイドは苦手。でもロケで、いろんな人の話を聞くのは、大切だから。駒野くんにはいつか協力してほしくて、聞いてほしかったんだ」

肌には吹き出物なのかニキビなのか不明なものが目立つ笑顔が、キラキラして見えた。そういう思いを持ってワイドに携わっているのか、と感心し、須藤のイメージが変わると同時に感化された。私も自己主張しなきゃ。

五寸釘（くぎ）のような強烈な雨が降り続く中、雑居ビルの裏手の階段を登る。

「非常階段だろ。ここ」とカメラを担いだ石川が文句を言う。いつものように爪楊枝をくわえている。雨はウインドブレーカーに包まれた肩や背中に染み込むほどの勢いだ。

四階に辿（たど）り着き、先頭のしおりが銀のドアをノックした。返事がなく、ノブを回すと開いた。

「ｅ－プラス・ボックスの者です」と半開きのドアから声をかける。「すみません！」と声を張ると、青白い顔で不精ヒゲの男が暗闇の店内から顔を出した。

「最終確認のメールのご返事ありませんでしたが、予定通りにインタビューを撮らせていただきたく、まいりました！」

しおりが言うと、しおりの前に出たロケＤの須藤が「て、店主の前田（まえだ）さんでらっしゃいますね。ディレクターの須藤といいます。十五分ほどですみます。よ、よろしいですね」といつものたどたどしい言い方をし、中に入ろうとした。

「いいけど、中は撮らないでよ。そう言ったはずだよ」

ファストウエアとわかる白いTシャツの店主はぶっきらぼうに言うと、「あとオレ、前川(まえかわ)だから。そう言ったはずだよ」と不機嫌そうな表情を崩さない。

「かしこまりました。雨がひどいので、ちょっと入ったところで」と須藤が入るなり、頭に被っていたパーカーのフードを取り、続いてカメラマンと音声の技術スタッフ、しおりが入ると、空のビールケースが積まれた狭いスペースは寿司詰めになった。電気が消されて暗いので、非常ドアは開けたまま撮影した。

「今、ずーっと緊急事態宣言が続いています。そんな中、時短や酒類提供禁止が当たり前になっている飲食店さんのご苦労を、お、お願いいたします。こちらのビルも、ぜ、全体的に、飲食店さんが店舗を構えてらっしゃるんですよね」

須藤の最後の問いに店主は答えず、ぽつりぽつりと話し始め、やがて興奮してきた。

「協力金なんかずっと遅れてるわけだよ！　もう当てにしてないけどさ。平気で開けてる店もある。夜中までね。都の人が見回りに来ても、開けてる。それで混んでる。よくぞお酒を出してくれましたって喜ばれてる。なにこれ？　要請を守るほうがバカみたいじゃないか！　僕はね、僕は……うちの店を……」

店主は涙ぐんで、突然奥へと消えた。しおりは、わざと泣いているんじゃないみたいだ、と思った。

このままでは使えるコメントがないと思ったのか、石川が「ちょっと中も撮ろうよ」とカメラを担いで店内の、明かりが点いていないフロアに踏み込んだ。

「だ、ダメですよ」と言いながらも須藤はついていった。「な、なんか空き家みたいにすさんでるなあ」

須藤の呟きは決してあざ笑っているわけではないとしおりにはわかった。だが、店主は涙を拭（ぬぐ）ったらしい白いタオルを片手に激昂（げきこう）し、「撮るなって言っただろ！」と須藤を押し返した。

「いや、あ、あの……」と言った須藤がいきなり殴（なぐ）られた。須藤は開いたドア付近で尻餅（しりもち）をついた。

「アンタらのお陰でなあ！！」と凄んだ店主は、そこで言葉を区切った。「帰ってくれ！　インタビュー使っても使わなくてもいいから二度と連絡するな！　店の名前出すなよな！」

言い捨ててドアを閉めた。

雨が踊り場にいる四人に降り続いた。

協同ビジョンの技術車用のバンに乗っている間、後部座席の須藤としおりはずっと無言だった。運転席の音声さんと助手席の石川が時折、「次の仕事、何時だっけ」と話すだけだった。

「だ、誰にも、言わないでよ」

俯いたままの須藤の声が、車体を叩く雨音に紛れる。白いマスクに微かに血がにじんでいると、しおりは言えなかった。

e－ボックス・オフィス

「これが今年の夏の二つの軸だ」

田沼が趣旨を説明したあと、そう締めくくった。

しおりは今日のフロアでの全体ミーティングの論旨(ろんし)を明確に理解できた。

一つは〝東京オリンピックを開催する政府と東京都を批判する〟

田沼いわく「反対するというよりは感染拡大を招きかねない政策批判ということだ。オリンピックが始まったら中継はするわけだからよ」。

二つ目は〝ワクチン接種を促す〟

「専門家はもちろん、コメンテーターやＭＣにもワクチンを打てば行動ができる、ワクパスや証明書があればコロナ禍は終わる的な発言をしてもらおう」と田沼。

「フェス叩きは続けますか？」と山辺がノートパソコンを眺めて言う。「〝三万人のフェスで十三人の感染クラスター〟って取り上げたらツイッター民がやけに盛り上がりましたよね」

「ツイッターの連中は楽しそうなヤツらを叩きたいからなあ」と小杉が話を盛り上げようとおどけたが、ホワイトボードの前に立つ田沼が「おまえが企画した〝デパ地下叩き〟は無反応だったじゃねえか」と突っ込んだ。

「いや、その……。夕刊紙が『デパ地下感染』て取り上げたから、次はデパ地下でいけるかなって……」

「夏に大きなフェスがあれば五輪ネタが飽きられた頃に入れろ」と田沼が指示した。

「映画館は？」とゆみ先輩が問う。「今、かなり密ですけど」

大坪都知事が芝居の上演は許したのに映画館は規制したが、新作映画の記者会見で主演女優が「映画館で……観てほしい！」と泣いて訴え、急遽（きゅうきょ）、映画業界が都知事に直談判し、大坪都知事が「映画もＯＫよ」と言った件だ。

「映画館は……触れないでおこう」

ピク、としおりは自分の頰が動くのがわかった。

触れないでおこう……、その一言を聞くたびに、しおりの心に刺のようなものが引っかかる。

過去には「競馬は、触れないでおこう」「野球選手の感染は、触れないでおこう。触れても陽性者と呼ぶように。その代わり芸能人の感染者には容赦するな」とも言っていた。

「『隠滅の剣』が連日満員で全国で数百万人も入ってるだろ？ ボロ儲けだな。あやかりたい」と田沼は笑う。

「来週もよろしくで」と締めた田沼は、各自が業務に就こうと動き始めた時に「そうだ、あとワクチン関連で」と引き留めた。

「『副作用』じゃなくて『副反応』な。そこ徹底。ま、副反応のデータに触れることはないが、もし流れで触れる場合の注意として台本に記しておいてくれ」

田沼は最後、目の前の机上のパソコン画面に向けて人差し指を向けた。リモート参加の放送作家の大久保が親指を立てた。

「駒野。ちょっと」

田沼に呼ばれて、しおりは歩み寄った。

「今まで以上に『命のプリンス』には露出をお願いしたい」と田沼がにやける。『愛する人を守るためにも接種を』と言ってもらうから。ギャラも上げたからイヤとは言わないだろう」

何となく胸騒ぎがした。

スタジオ生本番

しおりはその日、矛盾を目の当りにした。

番組は計画通りに進行するはずだったのだが……。

「全国の感染者　月曜日で最多！」とＭＣの西川が叫び、日本地図に各都道府県別の感染者が書かれたパネルが映る。フロアでインカムを付けているしおりは、本番直前の小杉のにやけた顔を思い出した。「僕の担当の曜日で久々に最多が出たよ」と小杉は副調整室のディレクターチェアに座った。

「アルファより感染力が強いのははっきりしてるんだ、このデルタ株は！」と政治評論家の菅沼が力む。

画面の右上には〝今度こそ子ども重症化!?〟とテロップが出ている。

「だからこそのワクチンですよね。政治・経済に詳しい下町ジョンさん」と西川が話を振ると〝ハーフ芸人　ジョン・下町・スミス〟とテロップが出た通称、下町ジョンが「ワクチンハ自由ナ行動ノパスポートデスヨ」と英語のアクセント混じりで答えた。

その展開を受けてCM明けの特集はワクチン接種のメリットを専門家が訴えるVTRと、ワクチンパスポートを示唆する政治家の会見などニュースで使われているVTRが続く。

スタッフは接種が義務づけられた。二度の接種後、しおりはほぼ副反応がなかった。ゆみ先輩は数日休むほどで「熱で苦しくて水を飲もうとしても水道まで行けなかった」と言っていた。視聴者からも副反応について知りたいという声が目立ってきたが、田沼の指示通り、番組では触れずにいる。

そしてスタジオでは接種推進のトークが始まった。

「今日は太陽クリニックからお越しの藤田健太さんにも伺います」と西川。

「命は……」と藤田健太は自席で片肘をつくと俯き、目を閉じて言葉をためた。

「…………」

しおりのインカムに「溜めすぎだぞ」と小杉の声が届いた。

「守られなければならない。自分の命ではなく、愛する人の命も。僕なんかが生意気言わせてもらって申し訳ないですけど、接種のリスクとベネフィットを考慮するのも大切ですけども、まずは大切な人の命を守るという意識付け、自分を守るのも大切。このバランス感覚と呼べるかどうかはわからないけども、この感覚がまずあるべきかと」

「今、三つの大切、いただきました」と西川がまとめた。

話に中身がない、としおりは棒立ちのまま呆れていた。

藤田が続けた。「政治家さんの中には日本の感染を『小波』と呼び、五輪中止を主張する人たちを批判されてましたけど、日本の感染データの波はともかく、命を粗末に考える思考にネットでも反論が出ています」

すっかりタレント気分だ、としおりはさらに呆れた。藤田が完全に勘違いしているとわかった瞬間だった。ホストのようなキラキラしたスーツはなんなんだ？

次のロールでは藤田の出番はない。ＣＭの間に馴れた足取りで出入り口に向かう途中、キザに声をかけられた。

「駒野くん」

「え？　は、はい」

「タクシーは外にいるスタッフに頼めばいいのかな？　次のスケジュールの連絡、よろしくね」

そして周りに気づかれない速度でウインクした。それは〝あとでラインする〟の合図とわかった。人はなぜ変わってしまうのか、私自身も気づかないうちに変わってしまっているのか、と不安がよぎった。

次のロールでは五輪担当大臣と大坪都知事の会見の模様を受けて、菅沼のズバット解説のコーナーになった。

「東京に世界から変異株が持ち込まれたらどうするんだ！」と菅沼は力んだ後、「……という話なんですよ。これは」と最近の口癖を付け加えた。

「われわれメディアが警鐘を鳴らした成果で無観客開催までもっていった。しかしこの期に及んで政府の感染対策は抜け穴だらけ。選手村がクラスターになったら東京が感染地獄になる可能性がある！　……という話なんですよ。これは」

「オリンピックを、われわれは心から喜べるでしょうか？」と西川が神妙な顔でまとめた。「以上、ここまでコロナ関連でした。ＣＭのあとは？」

振られた泉マヤが陽気にしゃべり出すと同時に、次のコーナーで使われる稲葉監督の会見の映像が流れた。

「侍ジャパン！　東京五輪メンバーでメダルのキーマンはヤクルト村上！　お楽しみに！」

スタジオに響くＣＭ前のＳＥの音より大きく、インカムから田沼の声が届いた。

「バカあ！！！」

しおりは両目をぐっと閉じて大声に驚く。ディレクターチェアの背後のテーブルでいつも観ている田沼の声が副調整室のインカムを通して聞こえるほどの大声で怒鳴ったとわかった。が、怒りの原因が理解できたので、「当然だ」と思った。出演者も感じ取ったようで、スタジオの空気が淀んでいた。

ｅ－ボックス・オフィス

「さんざん五輪開催を批判した後に、野球の五輪代表に期待する展開があるか！」

田沼は夕方になっても激怒していた。

小杉が「フォーマット上、次がいつものスポーツコーナーだったので、ついいつも通りの進行台本を……」とソファで頭を抱える。

スポーツコーナーは特集と別の構成作家が一括して書いている。だからこんな辻褄の合わない構成が起きたわけじゃない、としおりは思った。もともと番組がダブルスタンダードをやってきたんじゃないか……。

社長室のモニターには今日のオンエアが映っている。稲葉監督の会見と代表選手紹介のあと、西川が困った表情で「ま、期待したいものですね」と無難に締めたのだ。

「でも他の番組もやってますけども」と石井拓郎がクールに言い、リモコンで録画を止めると、オンエア中の夕方のニュースが映った。

そのニュース番組は「五輪開催で感染の恐れ?」と報じた後、「CMの後は打倒中国、メダルに期待の卓球女子に密着!」とMCが盛り上げた。

「ほら」と拓郎が言った。

「じゃ……別にいいか?」と田沼はスタッフのリアクションを窺うような言い方をした。「五輪はどうせやるんだしな。むしろやってもらわないと民放全体がネタに困る」

翌日からも番組はコロナ感染のニュースや五輪を危惧する報じ方をした後で「あるか? 兄妹メダル、柔道ニッポン!」とか「競泳代表に独占インタビュー!」と報じた。

「五輪は選手の知人や同行したスタッフや関係者が試合を観戦する。日本人観客のプロ野球だって人数制限で密を避けて、マスク義務や声援なしを徹底してるんだから、海外から来た人たちにも徹底させるべき」と話し合った次のコーナーで、大谷翔平が出たメジャーリーグのオールスターゲームの映像でマスクなしで大歓声をあげる客席を流し、「大谷に全米熱狂だね！」と盛り上がった。

めちゃくちゃだ、としおりは思った。

ネット上は「テレビのダブルスタンダード、いい加減にしてください」「五輪反対じゃなかったの？」「感染が日本の何十倍の米国でマスクなしなのに何で日本のプロ野球はしゃべっちゃいけないんだ」という批判が膨れた。それをきっかけに「陽性者を感染者といつまで言い続けるんですか」「〇曜日で最多！　とか意味あるん？　テレビってアホなん？」「スーワイさん〝今度こそ子ども重症化!?〟ってテロップ出してるけど〝こそ〟ってなに？　重症化してって願望？」「恐れがある。可能性がある。と言えば延々に煽れるね」と番組への批判も増えた。

「庶民は忘れる」と田沼は姿勢を崩さなかった。「ネットだけだろ？　ダブルスタンダードだと呆れてるのは。田舎のジジババは気にしてない。オリンピックが始まれば､みんなすぐ夢中になる……」

九月　スタジオ生本番

その一週間、出演者たちは言い訳に追われた。そんな状況はしおりがフロアで見続けた一年半以上の間で初めてだった。

「感染が突然減少してきました」とMCの西川が全国地図に感染数が書かれたパネルの前で話す。「東京、そして、全国でも」

心なしか、言い方に覇気がないとしおりには感じられた。

「延々と緊急事態宣言が続く中で感染拡大が始まり、対策が変わらない中での、むしろ夏には五輪があったり、自粛に耐えられず開ける飲食店が増える中での収束」

そう話す西川をカメラが捉える。しおりは打ち合わせで「収束していくグラフを出したい」と申し出たが、田沼にも小杉にも却下された。ふたりは打ち合わせから意気消沈していた。

政府関連の専門家がリモート出演で「ワクチン接種率が高い国の感染拡大など海外でのデータを勘案すると、今回の収束はワクチン接種の効果とは……言えないかもしれない」と述べた。「元々ワクチンは感染を防止するものではないのですが、重症化防止には効果が証明されたので、今後も接種を」と推進して締めた。

すべての曜日レギュラーの菅沼が珍しく語気を弱め、オールバックの白髪を撫でながら「人流が……少なからず増えたにもかかわらず……感染が減る。今回はそこが問われる、というわけなんですよ」と答えを濁した。

火曜日は経済評論家の長崎恵子が「人流やマスクはそもそも抑制力としては弱くて、今回の激減の理由にはならない」ときっぱり告げてから、冷静な口調で続けた。「無口な人が増えたからでしょう」

水曜日は村田クリニックの村田医師が「うーん」と腕組みをして、「国民がみんなマスクをピタッとしたからかなあ」と濁した。

木曜に出演した女優・エッセイストの高見沢郁子は「科学的に考えられるのは、五輪のメダリストが元気を与えて免疫が上がったとか」と笑いを誘ったが、MCが苦笑いするだけだった。

同日に出演した藤田健太は「そ……そうですね。正直僕なんかには理解が……」とおどおどしながら言った。

「例えば……若者のフィーリングかな」

「フィーリング？」と西川と泉マヤが同時に聞き返した。

「感染対策が日常化したっていう共通認識からくるフィーリング、これって大事だと思いませんか？」

そして金曜には菅沼が「私はそもそも感染が人流のせいだと言ったことはありません」と言い切った。

しおりは、辻褄が合わなくなってきた、と感じた。それは、タレント化した専門家や、専門分野でもない文化人を使ってきた番組の責任にも感じられた。

田沼は「二週間もすれば、人は忘れる」と言い続けた。しおりにはそれが、田沼の願いに思えた。

居酒屋

誘いは突然だった。

「今日もマンキツ泊まりか……」

しおりは、遅くまで社で準備に追われていた夜十時過ぎにそのラインに気づいた。

〝藤田　健太〟

頻繁に来る誘いはずっと無視している。出演するたびに勘違いしてタレント化していった藤田に嫌悪感が生まれている。

トイレ横の狭い給湯室でスマホを見つめていると、背後から声がした。

「コーヒーのガブ飲みは、逆に眠気を誘うかもよ」

拓郎が立っていた。

「あ、石井さん、編集から戻られたんですか……」

しおりが手にしていたマグカップがそっと取られた。

「刺激で眠気をごまかして栄養をとらないと疲れやすくなるから、僕は長い目で見てコーヒーはやめたんだ。ちょっとつきあってくれないか」

優しい目で言うと、しおりの答えを聞かずに背を向けた。

教室二つ分ほどの広さの居酒屋はにぎわっていた。しおりは拓郎と小さい木のテーブルを挟み、向き合っている。

胸はときめいている。ｅ－ボックスに入って一年十ヵ月、初めてのふたりきりだ、とあらためて思った。というより、あまりの忙しさに自粛の長さもあって、会社の人と飲むことさえなかった。

「七月十二日だっけ。に始まって、九月になってもまだ終わらないんだものなあ」

「何が……。あ、緊急事態宣言、ですね。でもここは混んでますよね」

しおりは周りを見渡す。

「全国の知事の〝やってる感〟の自粛要請だものね。人々もそうだよ。この店、見てごらん」

キョロキョロ見ても、拓郎が何のことを言っているのかわからなかった。拓郎は入り口をそっと指さした。ガラガラと戸を横滑りさせて入ってきたＯＬ風のふたり組が、設置された機械に顔を近づけ、体温を計った。

「カウンターにあるビニールは捲ってあるし、テーブルの上のコレは小さくて、顔が出るし」と拓郎が、しおりとの間にある高さ十五センチしかないアクリル板を見やった。

「私は背が低いから、唾がそっちに飛びません」と笑いかけると、拓郎はやさしく笑い返してくれた。

「人々も〝やってる感〟。陽性者が出た時に『感染対策してました』と言えるためのね」

確かにカウンターは、かつては下まで垂れていただろうビニールがかなり上まで捲れて、カウンターを挟む客と店員を遮るものがなく、会話ができている。

「全国の政治家は自分が責任をとりたくないから、飲食店の時短も酒類提供も政府や都知事の真似をする。人々は『やれやれ……、またか』と思いながらも守る」

そう言うと拓郎は一口ビールを飲み、話を続けた。

「子どもが観るアニメに、学校で給食が休みの日に主人公だけがお弁当を忘れて、寂しそうに座ってるシーンてよくあるじゃないか。しばらくして隣の席の女の子が卵焼きを一つ分ける。すると、次々にみんながおかずや海苔巻きを一個ずつ『私もあげる』と分けるだろ」

何が言いたいんだろう、と思った。

「ああいうことってアメリカのアニメや映画じゃないよね。誰かが半分分けるか、誰も分けないか。ひとりが助け始めたらみんなで少しずつ助けるっていうのは日本人のいいとこだと思うよ。そのかわり、誰かが声を上げないと、みんなで我慢する。あれ、見てみなよ」

拓郎が目配せしたほうは壁だった。メニューが書かれた紙が貼られてない無機質な壁に一枚の手書きの貼り紙。

〝できるだけ「黙食」お願いします〟

「もくしょく……」としおりは呟いた。

「先月、政治家が何人かで飲食店に集まったのが発覚した時『会食ではない。黙食』って言い訳したのを番組で使った時、菅沼さんが言ったこと覚えてる？」

「あ、批判で一回だけ取り上げようとなった時……」

しおりは思い返した。その日の本番で菅沼は「国民が我慢しているのに、飲食禁止を要請した側の政治家が店で会食は許せない。ただね、開けてる飲食店の中には黙食さえお客に徹底しない店もある。それが問題！　ということなんですよ」と展開した。

「あの人、政治評論家なのに与党が危機の時は救うから。黙食は流行語になって『黙食しましょう！』というルールになった。そういう方向に向かせる舵取りは、僕らのような番組だ」

拓郎が落胆の表情を浮かべた。

「僕たちは何をしているんだろう。そう思う時があるんだ。コロナを扱い始めてから」

「私も、おかしいと思います……」

デートの雰囲気とは程遠いが、こういう話ができるのは拓郎さんだけしかいない、と思った。

「作り手がお金と欲にしか興味がないというか……」

拓郎のその呟きに、しおりは社長や小杉や代理店の相島の顔を浮かべて話した。

「駒野は将来、海外の報道をやりたいんだろ？」

「あ、はい……え？　知っていてくれたんですか？」

「アフガンの企画出せば、誰でもわかるよ」と笑った。「でもアレだって、結局はお金が大切って話だしね」

「お金？」

「タリバンが悪というのは……」

その時、ガラガラと勢いよく入り口の戸が開き、「コラ、駒野！」と指さされた。

拓郎が「この話は資料送るよ」と小声で言うと「どうも安田先輩」と笑いかけた。

「ホワイトボードに店名書いてあったから」と、ゆみ先輩は早足で近づくとマスクを外しながら腰掛けた。

「つまみ、これだけ？」とテーブル上の刺身盛合せとカラ揚げを見下ろし、「また社に戻る予定でしたから」と拓郎が答えた。

それから三人で、しばし話した。しおりはお腹が空いていたのを思い出し、ふたりの仕事の会話に聞き耳を立てながら食べ続けた。

「駒野、黙食中?」とゆみ先輩が突っ込み、拓郎が「モグモグ中でしょ」とクールに言い、三人で微笑み合った。

ふたりだけが、この東京のテレビ業界で信じられる気がした。

ファミレス

「電車があるうちに帰りな」と言われ、社に戻るふたりと別れたしおりは地下鉄で思い返していた。拓郎に言われた「うちの番組が舵取り」という意味を。

渋谷駅で降り、東横線の乗場に続く地上に出た時、視線を感じた。振り返ると、スーツ姿だが、よれよれでだらしない着こなしの初老の男と目があった。薄い白髪が力なく伸び切っている。目をしょぼしょぼさせてこちらを見ているようだ。

もしかしたらつけてきたんじゃないか、と疑った。少しずつ歩幅を広げ、走り出し、チラッと振り返ると、初老の男は早足でついてくる。電車に乗ったらまずいと察知し、大学生らしき集団の隙間に紛れ、駅から離れた。

ガード下を潜(くぐ)った時だった。

「コマ！」と背後から低い声。そう呼ばれて無意識に足が止まった。

「コマ。アンタ、スーパープラスなんとかいう番組の人だよな」

聞き覚えある声だった。不審な気持ちが拭えないまま振り返ると、高架下の暗さでも見覚えのある顔とわかった。

「い……猪俣先生……ですか？」

男は息を切らして近づくと、やつれた表情で笑顔を向けた。ブログの顔写真と重なった。

「これ、うまいね。一度食べてみたかったんだ……」

猪俣は年に似合わない食欲を発揮した。

高架下で「ちょっと、話をしないか」と誘われ、近くのファミレスに入ると「ちょっと食べないか」と言われた。しおりは「食事はしました」とジュースを頼み、向かいの席の猪俣はドリアを大盛で注文した。「大盛はございません」とウエイターに言われると、「じゃあ……あとスパゲッティナポリタンも」と頼んだ。

猪俣は去年の二、三月のコロナが拡大する前まで番組で新型コロナウイルスの解説をしてもらっていた。降ろされてからも、しおりは時折、猪俣のサイトを覗いて勉強していた。

「驚きました。突然で。なぜ私ってわかったのですか」と尋ねた。

「君は名刺をくれただろ。それに、私のブログにコメントをくれとる」

「あ、コマ！」

その名でしおりはコメントを書き込んだことがあった。

「君は……コマくんは新入りだったからか、スタッフの中で私に気を使ってくれたし、打ち合わせの時から何かこう純粋に私の話を聞こうとしていたからね。それにコメントに、テレビ関係の仕事してますと書いてあったから。返信しなくてごめんね」

「いいえ。とんでもない。でもコメントは二回しか書き込んでいないのに、それで私と重なるなんて、さすが先生！」

おだてたが、猪俣は喜ばなかった。

「私のブログにコメントする人は、うちの学生が数人と、君だけだよ」

その後、食事が運ばれると、猪俣はドリアとスパゲッティを食べ終えてコーヒーを一口飲むまで、無言だった。

「ブログ、いつも科学的な最新情報が勉強になります。ちょっと難しいですけど……。それに、メディアというかテレビについての厳しいご意見も、勉強になります」

そう話しながらも、このおじいさん先生はなぜ私を誘ったんだ？　と疑問が芽生えていた。染みが付いたワイシャツやよれよれの背広が、貧しそうな印象を抱かせる。

「あの、猪俣先生は、テレビの時とは、違いますね。話し方も含めて」

やんわりと見た目のことを指摘し、なぜ誘ったのか探ろうとした。

「私はすぐ降ろされたがね」と猪俣が呟いてコーヒーをすする。「ま、君にそんなこと言ってもしょうがない。私はそもそも緊張するたちでね。というより、テレビでつっかえたりするのは、ウイルスの専門じゃない私がしゃべっていいのか最初は疑問だったからね。それに今のテレビに出るのは好まなかった。私の仲間のまともな学者にはそう思っている者は多い。私は病理学が専門だが、四十数年のキャリアでウイルスや免疫や解剖もやってきた。君の番組に出ているのはウイルスや免疫の専門家はいないし、新型コロナについて知っていたりコロナに関する世界の最新論文を読んでいる者はひとりもいないね。素人集団がコメントしてると言っていい」

そこまで言う？　としおりは丸い目をさらに丸くした。しかし心の奥では、そこまで言ってくれて少し痛快な気分にもなれた。

「出ていただいている方たちに失礼とは思いますが……タレントさんも大勢出てます

ので」としおりはわざと笑ってみせた。

「気になってるみたいだから言うけど、私がこんな身なりなのは、大学からの研究費がゼロになったからだ。なぜだかわかるかな」

「え……なぜですか」

「コマくんも読んでくれているブログに、新型コロナの変異の性質や外国のデータからわかる事実を載せていた頃から大学で悪い評判が立ち始めたが、特に最近のDNAワクチンやメッセンジャーRNAワクチンの危険な側面を載せたら、大学側ににらまれて研究費をカットされ、ついにゼロにされた。私の下に少数だが研究員がいたので、彼らのために便宜を取り計らってるうちに、私財がだんだん減ってきたというわけなんだ」

「そ、そうなんですか？」

「私なんかまだいいが、例えばノーベル賞クラスの著名な学者は、自分の下に百人以上もの若い研究スタッフがいて、年間で何十億という助成金なり予算があってスタッフを食わせながら研究を進める。そのお金は文部科学省、または厚労省から出る。そんな学者がメディアでちょっとでも今回のワクチンにネガティブな発言をしたら影響力が強いから、脅されるかもしれないな。それが世の仕組みだ」

「医療経済を背景にすればわかるよ」

自分の病院の売り上げのために番組で検査を推進する村田医師とはレベルが違う話に思えた。

「な……なぜですか」

「あの……私はワクチン打っても平気でしたけど」と恐る恐る尋ねた。

「メッセンジャーＲＮＡワクチンとか正確に言ってほしいけどね。今回のは、人類初の試みだと私のブログを読めばわかるだろ？　新型コロナの特性を考えればわかる。例えばインフルエンザだと、鼻や喉の粘膜や上気道に多いシアル酸に吸着するが、新型コロナはＡＣＥ２が受容体で血管や腸や胆のう、心臓に多い。子どもはそのＡＣＥ２が少ないから重症化は少ない。だから直接遺伝子を注入する今回のコロナワクチンの副作用は、コロナと同じように血管障害や心筋炎が多い」

「でも、コロナは肺炎で亡くなる人も多い……」

「肺炎はステップツーだ。そんなことも知らないで、君はコロナを取り上げる番組に携わっているのか？」

しおりが固まっていると、「君の番組に出てる医者も知らないんだろうな」と言った。

「私はテレビが言わないことを知ってほしいだけだったのに、大きい大学じゃないからもう予算は出ないし、何か大きなきっかけがないと、寄付や助成金も集まらないだろう。といっても私はテレビには出られない。大学を辞めることになりそうだな」

そこで俯き、薄い頭を掌で撫でた。やつれた学者が目の前でうなだれている。

「そのお話をテレビスタッフの私に聞かせてくれるために、ここに誘ってくれたんですね。できる限り、今のお話を番組作りに活かします！」

しおりは少し感動していた。同時に、なぜ誘ったか疑った自分を恥じた。

「違う」と猪俣は一度だけ顔を上げた。「ここ、奢(おご)ってね。経費で落とせるんでしょ」

しおりはしばし絶句した。

「出演者も作り手も、みんなわかっていない」と猪俣は俯いたまま嘆いた。「科学を知らないし、知ろうともしない。その結果、観ている人たちは常識と思考のバランスを失ってしまったんだ」

それは悔しさが混じった恨み節に聞こえた。

「それは違うと思います」

しおりははっきりと言った。

「みんな、知ってると思います。確信犯なんだと思います」

ｅ－ボックス・オフィス

今の気持ちを話したくなり、社に戻ると、ゆみ先輩しかいなかった。

「石井さんは？」と興奮気味で尋ねる。

「とっくに帰ったよ。私は雑用。駒野、帰れる日は帰れよ」

番組をどうにかしたい、その思いをふたりに……特に拓郎に伝えたかった。

「須藤くん、辞めたよ」

ゆみ先輩からぽつんと言われた。

「何も言わずに辞めちゃった。何があったのか知らないけど。実家に帰るらしい」

ゆみ先輩はそれ以上何も言わなかった。

豪雨の中、雑居ビルの踊り場で殴られた須藤を思い出す。「多くの人を助けるための、テレビ作りがあってもいいと思う」と熱く語った時の横顔がよぎる。「おまえらのおかげでなあ！！！」と本当は人を殴りたくないのに、殴るしかなかった涙ながらの店主の顔が浮かぶ……。

「どうにかしなきゃ」と思わず真一文字の口に力が入った。

六章（第六波）第三の男たち

二〇二二年一月　マンガ喫茶

しおりは、ゆみ先輩から「世間てずっと自粛してない？」と言われた。年が明けてしばらくして全国の多くの自治体がまん防に入った。第五波と第六波の間隔は、ほとんどなかったと思えた。それは昼夜を問わず働き詰めの他のスタッフも同じらしく、緊急事態宣言とまん防と極力自粛する平時との境目が曖昧になっている。

その夜はワンルームに帰れる時間だったが、マンガ喫茶に泊まり、拓郎から送られたサイトの資料を大きい画面でじっくり読むことにした。

小さい字が行間なくびっしり詰まった画面は、二十五歳のしおりでも眼球が刺激され、読むとすぐに疲労した。文章も専門的で理解するまでに脳がかなり疲れた。

日本のイスラーム法学者が書いたそれはタリバンのルーツ、経緯、米軍のアフガニスタン侵攻などしおりがある程度知っていることがリアルに丁寧に記されてあったが、一番心に引っかかったことを、目を閉じて要約した。米軍産複合体の利益と腐敗したアフガニスタン政府のためにタリバンを悪者として維持しなければならないこと。米国の報道を模倣するだけの日本のマスメディアは結果的に戦争の継続、グローバル軍需産業の手助けをしたと言えること。この二十年の戦争は、戦争そのものの維持を目的として続けられたこと。

薄々疑っていたことではあるが、あらためて知ると虚しさが押し寄せた。

大学時代、論文を読んでくれた教授から「その程度の洞察でドキュメンタリー映像を作るクリエイターになれるかな？」と言われたことを思い出した。

「結局……」としおりはいつか居酒屋で拓郎が言ったことを反芻した。「僕たちは、何をしているんだろう……」

大きな画面に、動画を映す。くじけそうな夜、マンガ喫茶で検索して、やる気をみなぎらせる動画。アフガニスタンで水路を作るため、土ぼこりが上がる土手で、軍人だった男たちに指示する大木正充医師。ドキュメンタリー番組のひとコマだった。

二月　カフェ

しおりはその日曜に、三人の男と対峙することになった。

夕方のカフェで久しぶりに会った藤田健太は激変していた。

「痩せ……ましたか？」と尋ねると、「当たり前だろ」といつものキザな仕草はなく、淀んだ目で見返してきた。

人気が出てから誘いのラインは来なくなっていたが、いつの頃からかまた頻繁に届いた。《連絡しろ》という乱暴なラインが。

「僕は、もう用無しになったのか？」

力のない声で聞いてくる。

「え……なぜ」

「もう呼ばれなくなって一ヵ月経つじゃないか」

「年明けからフォーマットが少し変わりましたし、元々、レギュラーではなかったんです……。また呼ばれると思います」

「最近、ネットで僕への批判が増えてる。君たちの仕業じゃないのか……」

「スタッフの仕業、ですか？　どうして……」

「あの放送からおかしくなってきたんだよ。僕が『若者のフィーリング』って言った時から。それまで僕の名前で検索すると、イケメン健太先生とか命のプリンスがワードで出てたのに、今は『フィーリング藤田』だぞ。ハッシュタグフィーリング藤田だ。《フィーリングで収束するかバカ》とかそんなツイートばかりだ」

「でも、それは……藤田先生が収束の原因を『若者のフィーリング』と言ったから……」

「それから僕の出番がなくなった」そこで間を溜めた。番組でのキザな間の取り方ではなく、テーブルに置いた手が微かに震えた。「ローンで車買ったのに、どうしてくれるんだよ！」

「そんなこと、私に言われても……」

なんだこの人は、としおりは嫌悪した。ここまで変わってしまったのは、私たちのせいなのか？

「最初に声をかけてきたのは、君だろ！」

その声に、近くの席の女性客が何人か振り返った。が、すぐに何もなかったように向き直る。

「また使ってくれよ」と情けない表情をしないためか目尻に皺を寄せた。必死にプライドを保とうとしているように見えた。「極力、そちらの要望に応えるから。なあ？皇室ネタばかりやるよりやっぱりコロナ観たい人が多いんじゃないか？　なあ？」

「し……失礼します」と急いで立つ時、イスが斜めに傾いた。倒さないように椅子を支えた左手を、藤田が握ってきて、緊迫感が走った。だが藤田の握力はさほど強くなかった。

「結局、君は……僕の前ではマスクを取らないままだったね……」

寂しげにしおりを見上げた。

ホテル

その足で、田沼と約束していた新宿の高層ホテルへ向かった。電車の中で、藤田のことが気になっていた。私はテレビスタッフとして、ひとりの人間に残酷なことをしたのだろうか……。

指定された部屋へ頼まれた書類を届けるためにホテルに着いた。「四月からはディレクターデビューができるかもしれないぞ。まあ、コーナー担当だけどな。上っ面の正義感を押し殺して、オレの言う通りに番組作りすればな」と言われていた。田沼を尊敬できない気持ちと、ディレクターになるにはついていくしかないという現実が、しおりの中で闘っていた。

扉を開けたのは、巨体の田沼ではなかった。紺色のスーツで決めている、最悪の男だった。

「ようこそ。ＡＤくん」

「な……なぜ。社長は……」

ドアが全開にされる前に、しおりはアゴにズラしていたマスクを上げようとした。が、最悪の男の目線にしばられて出来なかった。

相島はエスコートするように大きくドアを開けて、しおりを招き入れた。

「田沼っちはいないよ。君がここに来るよう僕が頼んだんだから」

わけがわからず、恐れながら部屋に踏み入った。十五畳ほどの広さの部屋の大きな窓に夜景が広がる。

「局の物置き部屋以来だね。生本番中の」

相島は語尾を思わせぶりに言うと、狭いテーブル上のウイスキーのボトルを開け、グラスに注いだ。

「物置き部屋ではありません」と舐められないように、冷めた表情をあえて作った。

「こちら、頼まれた書類です」

Ａ４の茶封筒をぶっきらぼうに差し出す。

相島は歩み寄り、つかんでから、「これはダミーだ」と無造作に投げ捨てた。

「ど、どういう意味……」

と言いかけた時、私を呼び寄せるためだけなのか？　と危険信号が点滅した。

「君をディレクターにするとか田沼たちに言われただろ」

「相島さんが私の仕事に関係ありますか？　いくら関係者の方とはいえ……」

「仕事って！」と相島は宴会の時のようなとぼけた口調で言う。「君が仕事してる番組とか、女子アナや女のキャスターって、キャリアを積むたび髪がどんどん短くなると思わないか？」

まったく意味不明なことを投げかけられた。

「うちの番組の泉マヤなんて番組で嘘を吐くたび、罪悪感がつのるわけだよ。心にもないことを言う時は声が裏返るのもそうだな。その罪悪感に耐えられずに髪を短くする。口では『長いと面倒だから』とか『忙しいから』と言うけどね。日本では悪いことすると反省の意味で頭を丸める伝統があったが、それを受け継いでいるわけだ」

「それ、女性蔑視を超えてます……」

ときっぱり言い、にらむように眉をひそめた。

「そういえば僕の誘いを断った時も『コンプライアンスが』と声が裏返ってたな」

相島が「ククク」と気味悪く笑った。

この男は酔っ払っているのか、それともおかしくなったのか……。

「三月に、おたくの制作で特番が組めたぞ。僕とつるんでる局のプロデューサーが編成に頼んでね。『コロナ禍二年　世界の衝撃ニュース映像１００連発』とかそんな企画だ。田沼っちは『この特番が勝負だ』とか君たちに言うだろう。だが裏番組からしていい数字がとれるわけがない。それでも番組に挿入する商品のメーカーからお礼は貰える仕組みだ。番組が終わったら、田沼っちはアングル企画に部長職で潜り込む」

「そ、それは、どういう意味……」

「いいことを教えてやろう。うちはまだ新しい代理店だ。だが従来とは違うやり方で大きくなっている」

「知ってます。配信事業にも力を入れ……」

「君の会社はもう使わない」

相島はしおりの発言を無視するように言葉を重ねた。

「三月で終わる。番組も終わる。だがリニューアルするだけだ。完全に終了だと発表されては、君たちスタッフも気づくしね」

「……なぜ、そんな話を、私に……」

「君だけは残そう。新番は今まで通販の時間帯を制作したアングル企画が全編作る。そこに君は入れない。フリーで携われ。アングルには内緒で給料は今の三倍出させるから」

「なぜ……そんな、どうして私なんですか」

「それは二十五分後にわかる」

そう言い切ると、手にしたグラスの酒をクイッと飲んだ。

「見ろよ」と相島はしおりに背を向け、窓から外を眺めた。「建物の窓明かりが点滅してるよなあ。あそこでみんな働いているんだ。セコセコと、自分の生活のために誰かの言いなりになって、その誰かも自分の生活のために言いなりで、そして今もどこかで誰かが過労死しているんだ。こっち来て見てみないか？」

「もう、戻ります」

「君は見込みがある」と相島はベッドの上にある、畳まれた大きなタオルらしきものを両手で取る。「君が寝技で、若いイケメンの内科医をブッキングしたことはわかってるんだよ。なかなかやるじゃないか」

「な……藤田先生とは、そんなんじゃありません！」

「どんなにストレスマックスでも髪がいつも奇麗なのは、寝技のお陰かな」

相島が近づいてきた。立ち尽くしていたせいでか、脚がすくんで動かない。心臓が危険度を知らせるように鳴っている。よけるんだ、と思っていても、歩み寄る男から後退りできずにいた。

「今から体の隅々まで洗ってこい。時間を二十分やる。ＡＤは体が臭いからなあ」

淡々と言う相島の手が、しおりの耳の上に触れた。髪を撫でられた。思わず顔を背けるように俯くと、指先でアゴのマスクが外された。そして相島のもう片方の手にあるものが視界に入り、バスローブとわかった。

「フリーのディレクターになってキャリアを積めば、いつか君のやりたい海外の惨めな人たちも全国に報道できるよ。それが望みなんだろう？」

最後は甘ったるい声になっていた。三十センチの距離に相島の顔がある。抱きしめようとすれば抱きしめられる距離なのに、相島が余裕の笑みを向けているので、それ以上は近づかないと確信した。私から近づくのを待っている、とわかった。逃げ場はどこにもなかった。

「今は、ダメです……」

しおりは、目蓋の裏に涙が押し寄せるのを感じていた。歯を食いしばり、目の前の男をにらむ眼球が、無意識に揺れている。

「祖父が……死にそうなんです。今夜、夜行で帰るんです……だから……今夜は無理です」

唇が震え、本当に涙がこぼれそうになった。だが、堪えた。こんな男の前で泣いたら負けだとわかっていた。

「そうか」と相島はそっ気なく背を向けた。そして一度も振り返らず、窓際に向かった。

「君には期待してるよ」

その声を、しおりはカーペットにあるダミーの茶封筒を見つめながら聞いた。

e‐ボックス・オフィス

しおりの奇妙な胸の高鳴りは会社に戻ってからも治まらなかった。高鳴りの正体が曖昧だった。相島という男から迫られたことや、嫌悪感だけではないものが淀んでいると感じた。

約束通り拓郎だけが待っていると思っていたが、ゆみ先輩が拓郎の仕事を手伝っていた。

「駒野、遅い」と自席に座っている拓郎が言うと、机の横に立ちパソコン画面を眺めているゆみ先輩が「お疲れ～」と疲れた目を向けた。

それからは三人で翌週の準備に追われた。拓郎とふたりきりだと思っていたしおりは、心なしか落胆した。

相島に聞いた話は言えなかった。打ち明ける前に、頭を整理したかった。それに、相島の言った三月で打ち切りの話は本当か確信がない。

「今日は泊まりだなあ」と、ゆみ先輩が背筋を伸ばし、「ちょっとコンビニ行くけど」と拓郎としおりを見やった。

「適当に買ってきてくださいよ」と拓郎が言うと、「相変わらず鮭おにぎりと麦茶でしょ」と返す。

「駒野はサンドイッチ？」

「あ、私が買いに……」

「いいから。続けてて」

拓郎とふたりきりでテロップ作成を続けた。静かなオフィス。この時間が愛しかった。

「あの、石井さんが教えてくれたサイト、見ました。アフガンの……」

無言が続いてぎこちなくて、そう言った。

「あ、あれねえ。勉強になったかな」

「はい」

「世界の成り立ちは理不尽だよな」と呟き、拓郎がパソコンのキーを叩く。

居酒屋に誘われてから、拓郎に対する意識は強まっていた。今夜はやさしくされたかった。そしたら相島のことをぶちまけてしまいそうだが、やさしくされたいと心から願った。

「僕ら、結婚するんだよ」

突然そう言われた。拓郎はパソコンを見たままだ。

「え……僕、ら？」

ドキリとしていた。

「僕らじゃわからないか」と拓郎がイスを回転させてしおりと向き合った。「僕と安田先輩のこと」

しばらく宇宙空間のような真空の時間を味わった。重力が戻ったのは、無意識に口を吐いた問いに、拓郎が明るく答える最中だった。

「ゆみ先輩……と、いつから、そんな」

「二年前くらいかなあ。駒野が入った頃かも？　年上だけど、年上な気がしない人だと思わない？」

気軽に聞かれても、答えられず、また唇が震え始めた。よかったですね……という声は出なかった。口がパクパク動いただけだった。

「よ！」と、無理に言おうとして、声がひっくり返った。「よかった……ですね」

「そう言ってくれると、うれしいよ」

なんで今言うんだよ、と思った。今じゃなくてもいいじゃないか、私が弱ってることんな残業中の夜中に言うことか……。

「あ、駒野にバラしたこと、ゆみには内緒ね。怒るから」

ゆみ……。

「はい……」

その夜、拓郎はフロアのソファで眠り、しおりとゆみ先輩は社長室のソファで寝た。

　本当はふたりと泊まるのは遠慮したかった。だが異様に疲労していたし、ひとりになって、今日会った三人の男との出来事を整理するのはつらかった。誰かと一緒にいたかった。

「駒野はあまり社に泊まらないもんね」と、低いテーブルを挟んで反対のソファに寝ているゆみ先輩が言う。「しかしこの毛布、臭いなあ」

　暗い天井を見上げていると、切なさが訪れた。私はこの二年、何をやっているんだろう……。目標を持って入った業界なのに、テレビという巨大な力に振り回され、単なる駒の一つとして動いているに過ぎないのではないか……。

　隣には、結婚を隠している先輩が寝ている。過去の拓郎が浮かんだ。企画を手伝ってくれた拓郎、好みのクッキーを知ってくれている拓郎……。

　ふと、自分にだけ打ち明けた理由が心に入り込んだ。拓郎さんは気づいていたんだ。私が想いを寄せていることに。私が傷つかないうちに、私の気持ちを知らない素振りで、そっと打ち明けてくれた……。

「言えないことが増えるたび人は大人になる……って本当でしょうか」

　暗い社長室にしおりの声が響く。

「なんだそれ」と眠そうな返事。

「誰かの本で読んだことがあるんです」

「うーん……嘘を吐くより、隠し事があるほうがいいって意味かな。また仕事の悩み？」

「そうじゃないです」

「駒野はいろいろ気にしすぎだ。寝ろ寝ろ」

ゆみ先輩が寝返りを打って、背を向けた。

「嘘に、おじいちゃんを使っちゃって、ごめんなさい」と天井に呟いた。

「何？」とゆみ先輩が声を発した。

「いいえ。何でも」

幼い頃に接した優しげな祖父の顔を思い浮かべ、「すぐ会いに行くからね」と語りかけてから眠りに落ちた。

藤田健太・カフェ

《若者のフィーリングで、収束するって発言の藤田健太のデマがひどい》

《藤田って二年前まで研修医だっただけだろ！　よく偉そうにコロナのこと言えたね》

《調べたところクリニックの手伝い的な立場らしい。顔だけで出演してた最悪の案件》

《意識高い系とか言っといて、知識低い系だったとは（笑）》

《最新医学では命は若者のフィーリングで助かるのか！》

《こういうやつがテレビ出るからコロナ禍が延々続くわけでしょ？》

藤田健太は体調を崩して太陽クリニックの勤務を休んでいた。体調不良だけでなく、テレビに出なくなった今、数ヵ月の出演で有頂天になっていた自分が恥ずかしかったのだ。

部屋にこもると、やめようと思ってもスマホについ手が伸び、自分の名前をツイッターやネットで検索してしまう。その行為はもはや自虐的になっていた。

#命のプリンス藤田健太　デマ

これがフィーリング発言後にトレンド入りした。

僕は自分から命のプリンスなんて名乗っていない。意識高い系と言ったこともないぞ。それに研修医だったのは三年前までだ！　デマはどっちだよ！

スタジオ出演したばかりの頃、チーフディレクターの小杉という男が「先生が予想できないくらいあっという間に知名度は上がりますよ」と言ったのが遠い昔のように蘇った。

「このままじゃ自分のクリニックの心療内科にかかることになりそうだ……」

そう思えるほど、書き込みが自分に重圧を与えている。しっかりしろ、と自分に言い聞かせた。ネットいじめに遭っている中学生みたいに怯える必要はない。

しかし二週間も経つと、不思議なことに気づいた。

《フィーリング藤田、完全に消えたね》

〝消えた〟〝終わった〟という書き込みやツイートが目立った。僕は別にタレントじゃない！　と怒りが湧いた。試しに外を歩いたが、以前のように「あ、あの人」と気づかれることがまったくなかった。

何度か通ったカフェに入り、お茶を頼む。誰にも見られないし、当然のように誰からも話しかけられない。ひとりきりの自分が店のオブジェのように、誰にも関心を引かれない。

なぜか口元から笑いがこぼれた。

いつだったか、まだ良心を失っていない頃、本番後にディレクターに「『子どもは外で遊んで免疫を高めたほうが逆にいいかも』って言っちゃって、観てる人から『信じてうちの子が感染したらどうする』とか抗議来ませんかね」と相談した時のことがはっきり浮かんだ。

「心配には及びません」と小杉は言った。「二週間もすればみんな忘れてしまいますから……」

病院前のコンビニ

しおりは両親に言わずに、帰郷していた。

地元の駅に着いた頃には、雪はやんでいた。病院まで歩くのにさほど苦労はいらなかった。

「この前は、変なこと言っちゃったかな」

昨年訪ねた日を〝この前〟と言っている祖父は、この前より弱っているのが窺えた。祖父はニット帽を被って寝ている。仰向けで発する言葉のひとつひとつ、表情のちょっとした変化から、しんどそうなのが伝わる。

変なこととは戦後の子どもの頃の話か、「おまえは誠実か？」と聞いたことか。たぶん話してくれた全部だと思った。その全部が大切に思えている。

「施設に入ることにしたよ」と祖父はぽつりと言う。「そこで死ぬことになるんだろうな」

何も返さずに、ただ聞いていた。窓からは少し日差しがさし込んできた。

「大丈夫？　でも、治療で進行は止まってるんでしょ」

「肺だから、もう一度苦しくなったら、年には勝てないよ。それはわかってる」

しばらく沈黙が漂った。だがそれをぎこちなくは思えなかった。幼い頃に絵本を黙って読む自分の近くで、無言でお茶を飲む祖父との沈黙に似て、暖かさを感じていた。

「私、お金はいらないって言ったから」

しおりの言葉に、仰向けの祖父は反応しなかった。

「おじいちゃんの財産がどのくらいかわかんないけど、家はお母さんの名義ならそれでいいし、私は何もいらない。東京で好きに生きてる身分だしね。それに、何も貰わないほうが自由でいいじゃん」

あえておどけた口調にしても、祖父はこちらを見ずに、「やんだか……」と外を見やった。

「起きるから、コートを取ってくれ」

祖父はゆっくりと上体を起こす。

「え？　出かけるの？　ダメだよ」

「靴下は……もう履いてたか。散歩しよう」と笑った。

車道の雪は車のタイヤに踏まれてすっかり溶けていた。歩道も人々の足跡からコンクリートが透けている。

私と最後のひとときを過ごす気なのかな？　と疑った。まさかね、まだ元気なのに……、そう心で呟いても、胸の詰まる思いにかられていた。

祖父との散歩は徒歩二分のコンビニまでだった。それでもパジャマに長いコートを羽織った祖父とは七分を要した。この時間がしおりには愛しく感じられた。

祖父は「あったかいおまんじゅう、どれにする？」と肉まん、あんまんが入った保温のガラスケースの前で止まった。

これが食べたかっただけなのか……、としおりはわかった。

「あ、おじいちゃん、今日も来てくれたの？」と六十歳くらいのおばさんの店員が、祖父を支えるように両手をかざして近づく。祖父は「ああ、今日は大丈夫、ひとりじゃないから」と得意気に笑った。「あら、看護師さん？」とおばさんはしおりと目を合わせると、すぐレジに回った。

「いや、あの……はあ」と口ごもり、孫ですと言うタイミングを逸した。

病院の前のバス停のベンチで、祖父はいつもそうするように座ってビニール袋から肉まんを取り出した。そして「今日は、あの猫いないなあ」と周りを見渡した。

バスを待つ人は誰もいなかった。しばしふたりで「はふ、はふ」と肉まんを食べた。時間が静止したようだった。

ふと、同い年くらいかな、と思い、お母さんとコンビニのおばさんが重なった。おばさんはここ最近のお客にやさしくしているのに、肉親のお母さんは家の名義変更をしたとたん病院に寄りつかない。人間は、なんで関係や時間で変わってしまうのか……。

「おじいちゃん、あのコンビニに行くのが楽しみ？」

何も会話がないので、試しに聞いてみた。

祖父はゆっくり嚙み終えてから、「おまえからのラインを読むほうが、ずっと楽しみだよ」と正面を向いたまま答えた。「いろいろ勉強していて、偉いじゃないか」

「あ、おじいちゃんに言った海外の紛争のこととか、私が頼りにしてる学者さんのこと？　私なんかまだぜーんぜんだよ」と照れながら言う。

ラインのやりとりはたまに行なわれていた。祖父はいつも最後に（まだ生きてます）と冗談を記す。

しおりが祖父の食べ終えた肉まんの紙切れを取ってビニール袋に入れる。

「人は、死んでいくんじゃないよ。いつの時代も、殺されるんだ」

その声が風に紛れた。祖父が、首を少し上に傾ける。雲の切れ間の光を見ている気がした。

しおりは意味がわからないという目をして、祖父の横顔を捉える。

「戦争だけじゃない。寿命で亡くなる時も、生きている人たちが死なす。それはいつも変わらない」

しおりはしばらく考えてから、それには看取るという意味も含まれているんだろうと感じた。死を完全にリアルに感じる祖父でなければわからないことなのかと思いながら。

なぜか祖父がこの世からいずれいなくなることに恐さがなかった。まだリアルじゃないからかもしれない、と思った。

「残念？」としおりは問いかけた。できるだけ優しい声で。「お父さんや、特にお母さん……ま、お父さんの嫁だけど、変わっちゃったのが残念？」

なぜか祖父は口を閉じたまま笑っている。目尻に濃い皺が幾重も伸びた。

「おまえとは、またここでおまんじゅう、食べるかもしれないな」

「肉まんだから」

人はいずれ死ぬ……。そんな当たり前の真理が、しおりにのしかかっていた。だがそれはつらいものではなかった。

〝おまえは、誠実か〟いつかの祖父の声が空から降ってくるようだ。なぜか心の奥が晴れやかになっている。その時、自分が何かを決めたのかもしれない、と感じた。

「そろそろ戻らないと、看護師に叱られるな」

「おじいちゃん」

しおりは立ちかけた祖父の細い腕をつかんだ。そして「ありがとう」と、体を支えた。

居酒屋

しおりは戻りの列車の中で、心に決めたものが立体的に形を帯びると、高揚する気持ちを抑えられなくなった。そして漠然とした計画が浮かぶと、いても立ってもいられなくなり、上野駅に着く頃には今日中に伝えるべきだと決心していた。

会社にはまだ六人は残っていると教えてくれたゆみ先輩に、「では石井さんと三人で会った居酒屋集合でお願いします」と伝えた。「何時だと思ってるの。今日は帰りたいんだよ。それより偉そうに何の話?」と気怠く言うゆみ先輩に、「誰にも言わず、石井さんだけ連れてきてください」と言い切った。

「駒野の極秘ミーティングですから」

返事を聞かずに、通話を切った。

「腹減った。駒野の奢りだろうな」と現われたゆみ先輩は、しおりの話をひとしきり聞き終えるまで、カラアゲにもビールにも手をつけられなかった。顔を見合わせた隣の拓郎が、「つまり……」と目を細めた。

「四月からもうちの会社が番組制作を請け負うという話は嘘で、番組も打ち切りで、三月の特番の視聴率がどうだろうが四月以降はアングル企画がリニューアルして引き継ぎ、うちは解散……と」

「で、社長だけがシレッとアングル企画に入る段取りがついてますよ、と」としおりが引き継いで言うと「なぜ駒野が知ってるんだ？」と返した。

「クレイジーな相島にホテルに連れ込まれた時、得意気に話してましたから」

本当は連れ込まれたわけじゃないけど……。

「おまえ！」とゆみ先輩。

「潔白です」としおり。

「だから……」と拓郎。「社長は、スポンサー料が一月期に少し減ったことを愚痴らなかったわけか」

「フリーの立場で新番組に誘われてるのか」とゆみ先輩。

「入ったりはしません。こんなことは許されませんよ。こうやってテレビは腐敗していくんです。だから私は考えたんです。あいつらの好きにはさせないために……。私は、目の前にいる先輩しか、先輩と思っていないんです。この世界に入って、ふたりと会えたのは逆にラッキーだったのかもしれません。だから協力してください！」

「何を考えたか知らないけどさ」と拓郎がいつものクールな物言いに戻っている。

「僕らを巻き込むつもりか？」

「お願いします！」としおりが頭を下げると、「聞くだけ聞くよ」と拓郎が言う。

「ま、制作会社に契約で勤めた時からクビになる覚悟はできてるしね」

「それは私も」とゆみ先輩。

「私のムチャ振り、聞いてください！　成功すれば、もっと良心的な会社に入れるかもしれませんよ。私はおふたりの門出を祝いたいんです」

しおりがジョッキを差し出した時、「バ、バカ。それは……」と焦った拓郎が、しおりとゆみ先輩を交互に見やった。

少し間があってから、ゆみ先輩が「ん？」と目を丸くした。

渋谷　ファミレス

到着した時は十一時を過ぎていた。

「遅れました！　呼び出しておいてすみません！」

しおりは向かいに座る前に深く頭を下げる。

「こんな時間になんだよ」

「うちのおじいちゃんが、よろしくって言ってました！」

「それが何だよ」

「偏り報道はいかんと常々書いておられましたよね、先生。ぜひお力を貸してください！　もし話題になれば、若い研究員を少しでも助けられるきっかけにならないでしようか？」

熱意を感じたのか、猪俣はしおりをじっと見つめ返した。そして水の入ったグラスを見て、口を一文字に結んでしばらく思案するような表情を見せたあと、「話を聞くのはドリアとナポリタンを頼んでからでいいかな？」と聞いた。

七章（第七波）路上より永遠に

二〇二二年三月　e－ボックス・オフィス

準備は三人で進めた。

ゴールデンタイムの二時間特番は急遽、ウクライナ情勢をメインに扱うことになったので、コロナ関連のコーナーは後半の短い時間になった。それはしおりたちにとって好都合で、慎重に計画を進められた。

「四月からの弾みになるようにいい数字をとるんだ」と田沼は全体ミーティングで話した。「特番が当たれば、予算が上がるかもしれないしな。がはは」

三月で番組から外される自分の会社を潰し、リニューアルされた番組を制作するアングル企画に部長職で入る男が豪快に笑う。いつもと同じ態度を崩さない。

「ですよね！」と小杉がいつものようにヨイショする。

周りのスタッフを見ると、本当に何も知らないのがわかる表情だ。

「社長の協力者がひとりくらいいるだろう」と拓郎が提案し、ある夜、会社から出てくる女性を百メートル先で待ち伏せた。

ふたりで囲むと、「何？　どうしたの？」と経理担当の五十代の女性は多少ビクついた。

「社長とつるんでるんじゃないですか」と拓郎が、いつになく鋭い低音で語りかけた。経理担当はしおりを見やってから「何の話よ」と言いながらも動揺している。

「最近、債務整理やってるでしょ。賃貸契約関連はあとでもできるとして、社長ひとりじゃ会社を畳む段取りは無理。一緒にアングル企画に行く話がついているんじゃないですか」

そこまで知られている、という焦りが見えるような表情になった。

「みんな……会社畳むこと知ってるの？」

「知るわけないでしょう。僕らと、あともうひとり。安田先輩は今アナタの机の前にいて、僕が連絡すれば引き出しを開けますよ。正社員のアナタと違って夜通し働く僕らは合い鍵の場所くらい知ってますから」

女性は観念したのか、俯いてから毅然とした表情で拓郎を見つめた。

「あたしはアングルには行かないよ。退職金貰うだけだから」

「そうですか。黙ってますよ。しゃべったところで契約社員のみんなはすぐには行き場所がないんだし、傷つけたくないから」

「傷、つける……？」

「仕事は最後までやらなきゃならないってことです。アナタにやってほしいことが一つあるだけです」

なんだこの人は……、とずっと聞いていたしおりは唖然としていた。拓郎のクールながら迫力がある物言いに押されていた。

もしかして、と考えた。経理の方を引き込むのは、私の話が真実か確かめる意味もあったのか……。

拓郎が歩き始め、しおりは「し……失礼します」と女性に頭を下げてから、拓郎を追った。

「私が数少ない社員で、経理の責任者だから、わかったの？」と女性は聞いた。

拓郎が立ち止まった。

「社長が、どこかからの差し入れを社長室に持ってくるように頼む時は、いつもアナタにです。どんな差し入れが来ていたかなんて、会社に泊まってる僕ら契約社員さえ誰も知らないんですよ。それに社長からたまにアナタの匂いがします。香水というより、化粧品かな」

再び歩き始めた拓郎の背中に、「誰にも言わないでよ！　テレビ業界で再就職できなくなっちゃう！」と女性の哀願するような声が向けられ、通行人がチラッと振り返った。

小杉は二時間全体のディレクターと前半のコーナーにも関わるにあたり、世界情勢のデータを収集している山辺を自分の下につけたので、拓郎は希望通りコロナ関連コーナーの演出に回れた。キャスティングはゆみ先輩で、チーフＡＤになったしおりは今まで通りゆみ先輩の手伝いも兼ねられた。

「コメンテーターは女性は長崎恵子さんが男の視聴者が観るから出てもらうとして、男を三人頼むな」と小杉に言われていた。「どうせ観てるヤツらはコロナに飽きてるっぽいから、ゴールデンだし、若者ウケを考えてな」

小杉のような人は別にかまわないが、フロアで働く山辺はじめ、何も知らないスタッフたちのことを思うとしおりには心苦しい気持ちがあった。だが、拓郎とゆみ先輩は「計画が社長に知られる」と言って打ち明けずにいた。

特番直前のある日に、ゆみ先輩が社長を呼び止めた。

「フリージャーナリストの津田沼（つだぬま）ひろむさんが出演を見合わせたいと。連載している新聞社との兼ね合いを考えてとか……」

嘘だった。もともと津田沼にはオファーしていない。

「何？　早めに確認しなかったのか？」と田沼は一度は怒ったが、「まあ他局の系列の新聞だから、ゴリ押しはできないな」と納得した。

ゆみ先輩の背後に歩み寄った拓郎が「男性の三人目には猪俣先生なんかどうですか？」と提案した。

「芸人とかもいるので、ひとりくらい専門家を入れてもいいじゃないですか。村田クリニックの村田先生はもう飽きられたし」

「猪俣……ああ、二年前に出てもらってた、おどおどしたじーさんか」と田沼が思い出してから、顔をしかめた。「あの人、けっこう本当のこと言うからなあ」

「でも今は若者はコロナのデータ、ある程度わかってますし、番組に信憑性（しんぴょうせい）を持たせるにはいいかと」

信憑性を持たせる……、その一言はしおりが拓郎に提案した。いつか田沼に聞いた言葉だった。私に言ったことなどすっかり忘れているんだろう、としおりは確信した。

「映像が増えて、トーク時間が削られそうだし、まあいいか」と田沼は軽く言った。

「本番まで時間もないから任せる。有名人と一緒だとよけいおどおどするかもな。あまりしゃべらせなきゃいい」

「駒野、猪俣先生に電話。連絡先わかる？」とゆみ先輩がうまい芝居を続ける。

「はい」としおりが、目を合わせて答える。

居酒屋

「私たち、業界から干されるだけじゃないのかなあ」とゆみ先輩が笑いながらも顔をしかめた。

三人で集まる時のいつもの居酒屋で狭いテーブルを囲んでいる。

「でも、これは駒野いわく、自分に嘘を吐かなかった証ですから」と拓郎がゆみ先輩の肩に手を載せた。「視聴者に嘘を吐かないという証でもある。これからまた仕事は見つかりますよ」

「ま、もう引き返せないしね。駒野のせいだからな」とゆみ先輩。

しおりはふたりに向けて「本当にすみません」と頭を下げた。

「ふたりを巻き込んでしまって。私はまだ若いからやり直せるけど、おふたりは三十代ですものね。結婚もするのに」

「いまさら言うなって」とゆみ先輩がビールジョッキを掲げた。

「番組が盛り上がることを祈ろう」と拓郎の音頭で乾杯した。

二時間SP　スタジオ生本番

〝緊急ウクライナ！　スーパーワイドSP　ウクライナ最新映像&コロナと世界の衝撃動画100連発〟

そのタイトルが出てから、ロシアの攻撃で破壊された街、抗議するウクライナの人々、ゼレンスキー大統領の会見などの映像が映る間にキャストはワイプで映る構成が、CMを跨(また)いでも延々と続いた。

「ゴールデン特番で送るスーパーワイドSPの特集は、緊迫のウクライナ」とMCの西川がカメラに語りかけ、泉マヤが「停戦交渉は進むのか」と神妙な表情で言うと、また映像に戻る。その後、政治評論家の菅沼や元政治家などのコメンテーターとのトークで、今後の予測、日本政府が取るべき政策などが話し合われた。

西川が「平和が早く訪れてほしいものです」と締めた後、世界の衝撃映像という、動画サイトから集めた映像を流すコーナーから後半になった。

「ここで一息。除菌・ザ・ビギン！」

泉マヤがコメンテーター数名と立ちで空気清浄機や除菌グッズを試しては、「いいねえ」と感想を言うコーナーになった。

フロアでカンペを出しているしおりの頭に、数日前の社長室でのミーティングが蘇る。

「特番でも通販もどきの商品紹介をするんですか？」と拓郎が尋ねると、「特番だから、やるんだよ。除菌商品からコロナコーナーへの流れ、われながらいいね」と田沼がほくそ笑んだ。

しおりは、この期におよんでも……、と落胆した。どうせ自分は移籍するから、相島とつるんで儲けるんだろう……。

「わあ、いい匂い！」と、新製品の空気清浄機に顔を近づけた泉マヤが、しおりが出したスケッチブックの〝いい匂い！　こんなの一台、欲しいですね〟をそのまま実践した。

「こんなの一台、欲しいですね！」

その声は裏返っていた。

そしてついに、コロナ関連のコーナーを迎えた。

〝オミクロンBA．２　第7波へ　コロナはいつまで続くのか！〟

テロップ後に、この二年間の海外の医療現場やロックダウンの映像が続いた。

〝そして今オミクロンBA．２が拡大!?〟

「スタジオトークは四名。レギュラー番組のコメンテーターでおなじみ経済評論家の長崎恵子さんは、ウクライナ情勢から引き続きお願いします」と西川が話を振る。

「もうエンドレスにくり返されるまん防。ようやく今回のまん防が終わりになるようですけど、これってどうなの？　いつも政府のやってる感だけ？　先程テーマになった、ウクライナの事態にも政府は危機感がない。だからコロナ禍でも後手で出口が見えない」

長崎恵子がウクライナの話に持っていき、かなりの時間を政府批判に費やした。

「世界情勢や政治をネタにするハーフ芸人の下町ジョンさんは？」と西川。

「僕ハイギリストカ対策緩和シタリ撤廃スル国ガ多イノニナゼ日本ガデキナイカ、ココハ長崎サント同ジデ政治ノミスリード。ドチラモ命ニ関ワルコトナノニ」

たどたどしいアクセントながら前のめりで語る。

「指定感染症引キ下ゲレバト軽ク言ウ人イルケド、医療費ガ払エナイ貧困層ドウスルノ？」

西川がすかさず早口で「引き下げると病院たらい回しで亡くなる方が減るという意見もあるわけですけどね」とフォローを入れた。

西川から「ラップミュージシャンでありながらユーチューバーとしてＺ世代に人気の激論王、ＡＴＳＵＳＨＩさんはリモート出演」と紹介された派手なジャンパー姿のＡＴＳＵＳＨＩの上半身が席上に設置されたモニターに映る。

早口で「そもそもコロナは風邪だ、いや風邪じゃない、って議論があったけど、でもそれって、ワクチンが出来てから、なくなったっていうか、例えば緩和した国に僕もフレンドいるけど、ワクチン打った安心感、大事ってこと言ってた。それ前提。それで経済も回しましょってことでしょ？　国によっては経済深刻なわけだし。それわかっていないでまん防続けろ、やめろ議論は成り立たない。今はみんなコロナの性質知った上で、ニューノーマルが染みついてる、そこ大事、今も問題は山積み、でもこの二年でわかったのは、みんなで協力して乗り越えようよってこと」とどこかラップ調で話し続けた。

事前に「リモートですから話を振られる機会は少なくなります」と連絡したので、目一杯つめこんだんだ、としおりはわかった。

「スタジオには山川大学医学部教授で病理学がご専門の猪俣孟先生にもお越しいただいてます」

スタジオの端の席の猪俣がお辞儀した。心なしか緊張してる、としおりは感じた。

「先生、そもそも以前の、オミクロンもかなり性質が変わったのですが……」

「お、おっしゃる通りです。みなさんご存じかと思いますが……。それまでのデルタ株から、い、一変したわけです……」

猪俣が小声で話す。たったそこまでで、今までの若いコメンテーターとは明らかにテンポが悪い、としおりは感じ、焦った。二年前のおどおどした喋り方になってしまうのか……。周りのスタッフも、副調整室のスタッフもそう感じるのがわかるほどの遅い喋り方だ。

「デルタ株までは、ACE2受容体経路で感染する、わけですが、オミクロン株では三十二ヵ所ものスパイク変異が……」

西川もコメンテーターもリモートのATSUSHIも、専門家の話だから割って入らず、真顔で聞いている。

大丈夫か……としおりは見入る。

「つまりなんでしょう」と西川が猪俣の遅いテンポに痺れを切らしたのか、早口で促した。

「……だから、アミノペプチダーゼNなどの粘膜組織に感染するわけだから、今までの症状とは違ったわけです」

「ソウ。ソレハワカッテマス。マルデ別モノ。BA．2ハサラニ別。ダカラ恐イ」と下町ジョンが割って入った。

「新型コロナはSARSの弟分だから、軽んじてはならない……」

猪俣の言葉に、リモートのATSUSHIが笑顔で大きく頷いた。

「……が、このままでいけば、弱毒化はさらに進むでしょう。しかし私は今日、そんな科学の話を言いにきたのではない」

猪俣の口調が少し変わったと気づいた。その時はまだ異変に、自分と石井さんとゆみ先輩しか気づけなかっただろうと思った。

「君たちは、一生コロナで食っていくつもりなのか」

その一言では、まだスタジオの雰囲気は変わらなかった。

「『コロナをしゃぶり尽くす』……これからもそのつもりなら、それがコロナ禍が終わらない最大の原因であり、問題だ」

猪俣の口調が明らかに変わってきている。そこでMCのふたりが危機感を持ったとわかった。

「ここにいるのは全員が素人だ。この番組にいつも出てくる専門家というのもいつも医者で、患者を診る専門だが研究者ではない」

西川が「確かにそうです。多面的な意見と同時に、番組として色づけしてますが」と、〝このくらいで勘弁して話を戻してください〟とお願いするような台詞を捲し立てた。が、猪俣は正面を見たまま続けた。

「君らは口では『経済が大事だ』とか言うが、首を吊って死んだ飲食店の店主のことは口にしないし、気にもしない。君らは命が大事なんじゃない。コロナが大事なだけだ」

スタジオの隅にいる関係者に緊張が走り始めたのをしおりは感じた。同時に、猪俣が発している「君ら」は、この場にいる誰もに当てはまっていると感じた。

そして、打ち合わせと違うことに戸惑った。ファミレスでの打ち合わせの様子がよぎった……。

「先生が圧力をかけられて研究の予算をゼロにされた、ブログで書かれたことを、しゃべってください。この二年間、テレビが言わずにきたコロナのデータや事実を。私も、先生と同じくコロナをウイルスとして軽んじてはいません。でも、前に言ったように、私たちは確信犯でした。だから、そのことも、解説のあとにおっしゃってくれてけっこうですから」

猪俣は「そんなことしたら私の名誉は回復するどころか、終わりだろうね」と言った。

「それに今のテレビでタブーになることを話して、寄付が集まるわけもない」

「賭け……です」と、しおりは頭を下げた。「若輩者の私が、先生にこんなこと言う資格はないですが……」

「賭け？　科学者がやることかね」と口の端を曲げた。「だが、まあ、私ももう若くないからな。コマくんがそう言ってくれたのも、私にはチャンスなんだろう。言いたいことを言おう。キャリアを全部失ったら、田舎で小さな商店でもやればいいか」

そして「若いね。コマくんは」と笑ってくれた……。

「テレビに出てくる医者や学者はマスコミの言いなりになり、マスコミも専門家も私利私欲に走った。テレビが言わない話をすると、私のように研究費が削られるからな」

しかし、今しおりの前で、徐々に眼光を鋭くさせて話す老人は、科学的データは話さず、完全に番組批判、テレビ批判モードに入っている。

時間がないと察したのかも知れない、としおりは感づいた。誰もが遮れない迫力を感じているようだと思えた。

「中には政治や大学や医師の団体の圧力で仕方なく煽るコメントをしている科学者もいるが、ほとんどはテレビに出て私利私欲のために煽ってる連中だ」

さすがにヤバイと思ったのだろう、小杉がインカムから「やめさせろ！」と怒鳴った。CMに入らないのは、CM入り時刻のフォーマットが決まっていることだけが理由ではないとわかった。計画通り拓郎さんが「即座にツイッターで拡散されて視聴率が上がるかも。様子を見ましょう」と言っているからか……。

「日本人は世界一テレビを信じる。従順だし、我慢する性格でもある。そこを君らは利用した。感染者数がなん曜日で最多とか、感染で若者が死んだとか煽りまくり、確信犯的に多くの人の常識のバランス感覚を失わせてきた」

話に入りたくて仕方ない表情のATSUSHIが「それです！　僕もそれ、感じてた、同じ感覚の人、いますよ！」と言うと、スイッチャーが、ATSUSHIが映るリモート画面へ移す。そこからは他のコメンテーターやMCを捉え、猪俣がしゃべってもあまり映さなくなった。

「観ている人間をわざとパニックに誘発して、わざと人々を分断させてコロナをネタとして消費してきた結果、人々をコントロールできたつもりだろう。その反面、君らはもう収拾がつかなくなっている。私たちに言わせれば、君らこそ終わりだ」

「おお」とスタジオ入り口の関係者から〝そこまで言うか〟というどよめきが起きた。

その時だった。

しおりは突然、胸に痛みが走った。

「う……」と、とっさに胸を押さえる。心臓のあたりが締め付けられる。立っていられなくなるまですぐだった。心臓発作？　という四文字が浮かんだ。なんで、まさか……。

「人は、死んでいくんじゃない。いつの時代も、殺されるんだ」

その言葉に、しおりは思わず顔を上げた。猪俣が口にした祖父の一言に。

　出演者の誰もが不審な表情を浮かべる。その様子がぼんやりして見えてきた。まさか……。三度目の接種をした二週間前のことがよぎる。副反応じゃないよね……。明るいスタジオが霞んで見える。少しずつ息が荒くなる。

「さっきまで戦争の話をしていただろう。コロナの陽性者が減ったの増えたのとテレビで騒げるのは日本が平和の証でもある。理想では……」

　そこで猪俣は間を作った。しおりはインカムをズラして頭から外す。そしてよろよろと歩き、年下の男のＡＤに「サブに、行くから」とインカムを渡した。

「理想では……ブラジルとか医療が乏しい、子どもが路上で暮らしてる不衛生な国のコロナ感染患者に医師を派遣したり、医療体制を整えるように援助することが、先進国の中で、唯一感染の被害が少なかった日本には出来たはずなんだ……。医学に携わる者として、これだけは言っておく。君らがここまでバカ騒ぎしなければ、救える命が、世界には、たくさんあった」

　その声は、ただ遠くでこだましている。

　スタジオ入り口付近にいる関係者は呆気にとられたり、焦りながらどこかに通話したり、思わず笑っている。全員が猪俣だけに視線を縛られているとわかり、しおりは誰にも気づかれずにスタジオを出られた。

そして無人の廊下を進み、トイレに向かう。だが、「ううう」と壁に寄りかかったまま体が落ちた。心筋炎とはこういうものなのか、と恐くなった。誰か……と思った。廊下の照明がまぶしすぎて目を開けていられなくなった。

「おじいちゃん……」と呟いたまま、ゴン、と鈍い音を聞いた。自分の頭が床に倒れた音だとわかった時、「君、ちょっと……」という見知らぬ人の声が遠のいた。

病院

意識がはっきり戻るまで三日を要した。酸素吸入器が外されても、点滴は続けられた。

目が覚めて、冷静になって真っ先に見たのは、そのラインだった。チカチカ光る文字に、なぜか元気になろうと勇気が湧いた。

《しおりが言ってたがくしゃのおじーさん、おもしろかった（まだ生きてます）》

平仮名が多い祖父は、いつも最後には（まだ生きてます）と書いてくる。

その数日後、しおりの病状は、過労からくる血管障害と言われた。「だから極度の貧血の症状が出た」と。

それが本当なのかはわからない。精密に調べたところで、わからないだろうと思った。

緊急搬送からの一週間、ゆみ先輩はほぼつきっきりでいてくれたらしく、ようやく話せるようになったしおりに、視聴者がアップしたユーチューブ動画を見せてくれた。

しおりがスタジオで見られなかったところまで映っていた。

「日本からブラジルなどへ支援に行くのが、ベストだった。君らは自分だけが儲かればいい人間の集まりに過ぎない。もし近いうちに日本が、アメリカと共に戦争を始めるか、または戦争の下請けをやるとなった時、君らは命を守る側には立たない。それだけはわかる」

そこで突然、ＣＭになった。

「すごい。猪俣先生、ここまで言うとは！」

「事前に考えていたんだろうね。それとも、特番の前半からの特集を観てから考えて、言っちゃったのか」とゆみ先輩。「私、スタジオ隅で動画撮ってたから。このあとがおもしろいんだよ。これ観て」

フォトアプリからタップされた動画は、猪俣が「それだけはわかる」と言ったところから始めてくれた。ＣＭに入った直後、騒然としてから静まったスタジオの画。

「猪俣先生、サイコー！」と女性の声が入り、スマホが左を捉えると、ＭＣ席で泉マヤが笑顔で左手を上げている。隣の西川が大口を開けた呆れ顔で泉を見ている。

しおりは「泉さん、ストレスマックスだったのかなあ」と口にすると、なぜか自然と笑みがこぼれた。いろんなことに耐えていたのかなあ。

「さすがに堪り兼ねてＣＭ入れたんですね」

「うーん。駒野はサブの様子、知らないからなあ」

「どうだったんですか？」

「計画通り、社長にはコロナコーナーの時に会社の経理から電話を入れさせて、サブから廊下に出すことには成功したけど、山辺たちが、無理矢理に画面を切ろうとした小杉や局のプロデューサーを羽交い締めにして止めていたんだよ。石井君はそのおかげでここまで引っ張れた」

「山辺さんたちが？　協力を……」

「石井君が事前に打ち明けてたんだよ。契約社員のみんなには」

「ほんとに？」

「仲間だからさ。石井君は駒野の前ではクールだけど、『契約社員を舐めるな』と今回の計画にのってたから」

「そ、そうだったんですか」と笑みが漏れた。「そうだ……相島さんは」

「あの人はキレてた。モニター観ながら『はははは』と無機質に笑ってたらしいよ。そのあと姿をくらまして、話ではあいつも入院したんじゃないかな」

「入院？」

「態度が悪くて局でも評判悪かったけど、局の女性に聞けたら、もともと神経を病んでたらしくて、自分の会社では常にビクビクしている臆病者で、何でもパワハラ……相島がやるんじゃなくて、上司にやられてたらしく、リストカット経験もあったって」

「リストカット？」

「手首切ってる前歴がね……夏でもスーツ着てたのは、手首を隠したかったのか知らないけど、とにかく過労やプレッシャーで病んでいたみたい。今回の一件で相島の悪さは全部バレた」

「じゃ、クビに……」

「ブラック企業と噂が立つから、クビにはしないかもね。相島は新番組の担当じゃない。心療内科かなんかに通っていたりして」

それぞれに悲しみと苦しみを抱えている。本人にしかわからないことがある、とあらためて思った。

「うちのみんなは、この放送事故のスタッフとわかったら、どこの制作会社にも入れないかも……」としおり。

「それは覚悟の上でしょ。逆に箔が付くかも？」

ゆみ先輩が目を見開き、しおりはつられて笑った。

「ま、私らの悪巧みのバイト代はいつもの安い給料に、少なからず上乗せされます」

その意味が、しおりはわからなかった。

「私ら、経理の女性の秘密を握ったんだから」とゆみ先輩がウインクした。

四月　路上

《駒野さま　本番ではつい暴走してしまった。合わせる顔がないので、メールで失礼させてください。テレビの反響はすごいものですね。「よくぞ言ってくれました」というものもあれば、「大学をつぶすつもりか」「こっちにもとばっちりがくるではないか」と科学者からの苦情も多い。私としては、ふらっと立ち寄った飲み屋の主人に

「ありがとう」と言われ、一杯ただにしてもらえることが尊い気がしていますが。

これで私の研究に寄付という形でお金が集まるほど甘くはないのですが、若い研究者の私を見る目がかわったことが、私には財産なのでしょう。老体にムチ打ち、もう少しがんばれる気がします。

貴君も体に気をつけ、誠実な仕事をしてください。相談はいつでも受け付けます。私のブログの内容を使ってもかまいません。私も貴君から聞いた祖父の言葉を引用しましたから。では。

追伸。三十万円という高額なギャラの手配をありがとう。手配には骨を折ったことでしょう。「研究の足しになればよいのですが」と貴君は言っておりましたが、研究費は年間であと三桁足りません。あしからず。猪俣孟》

「三億円かかるの！」としおりはのけぞった。

「どうした？」と拓郎にスマホを覗き込まれ、「い、いえ。何でもありません」とスマホを隠した。

三人でｅ－ボックス・オフィスにいる。しおりは退院後、しばらくは自宅で休養した。三月末までの残りの番組は、ゴールデン特番の一部の放送事故的な部分の責任で、ｅ－ボックスからアングル企画への引き継ぎを兼ねて両社合同で作り、猪俣の件を知らなかった者、つまり社員中心に携わった。他の者は事務所の撤収作業を行った。

しおりの回復を祝うために拓郎とゆみ先輩は集まったが、「飲むほど回復してないので、会社に行ってみませんか」としおりが提案したのだ。

フロアには机やイスはなく、パソコンが残骸のように床に放置されている。

「辞めるとわかれば早いですねえ。テレビ業界って」としおり。

「デスクは小杉さんが業者に売ったらしいよ」と拓郎が言う。「パソコンは使えるものは社長が他の制作会社に譲って、自分を売り込んでるらしい。アングル企画では雇ってもらえなくなったとはいえ、タフだね」

「今回は、二週間で人は忘れる、じゃなくて『あの伝説の放送事故は俺が仕組んだ』と言って売り込んでるらしいから」とゆみ先輩。「結局、社長に仕返しはできたのだろうか？」

「自分たちに嘘を吐かないで終わるっていうのが僕らの目的だったから」と拓郎。

「ふたりの門出なのに、巻き込んじゃって……」としおり。

「事情を知らずにいきなり失業よりマシだから」とゆみ先輩が殺風景なオフィスを見

て腕組みをした。

「それに失業までに新しい仕事を探せたし」と拓郎。

「さ、帰ろう」とゆみ先輩。

三人でそっと扉を閉じた。

暗い階段でその動画を映すと、自然と笑みがこぼれてしまう。

「なにニタニタしてるの」とゆみ先輩がスマホを覗き込む。「もう三百万再生超えたのか!」

「これは何度観てもウケるよ」と拓郎も覗く。「特に『ブラジルとか医療が乏しい、子どもが路上で暮らしてる不衛生な国のコロナ感染患者に医師を派遣したり、医療体制を整えるように援助することが、先進国の中で、唯一感染の被害が少なかった日本には出来たはずなんだ』ってとこが僕は好きだな」

「これ、ずーっと残るんですよね」としおり。「アフガニスタンで、水路を作ろうとがんばっていた大木正充さんの動画みたいに、残るんですよね」

猪俣がしゃべっている箇所の映像が映っている。それが、掌の中にある大事な宝物のように感じられた。

ふたりと別れて、夕暮れの街を歩く。雨上がりの街中で、少し晴れやかな気分になれた。祖父と病院前のバス停で座って空を見上げた時のように。

自分がこれからどうなるかわからない。映像の仕事を本当の意味で目指すのかも決めていない。だが、あの動画で何かが始まった気もしている。ギリギリのところで自分は嘘を吐かずに生きていけると。

「アンタ、スーパーワイドのスタッフだな」

突然、話しかけられ、振り返ると、丸メガネをかけた不精ヒゲの男が歩み寄ってきた。見覚えがあるとわかったが、誰だかわからなかった。スーツは薄汚れている。

「えっと……」

「忘れたのか。テレビのやつらはこれだからな。君らは僕の数理解析をおもしろおかしく報じてたじゃないか」

そう言われても、思い出せない。スタジオ出演した専門家なのか、リモートで出た医師なのか。見覚えがあるような気はするのだが……。

「これだけは言っておく……」

人相の悪い顔立ちで、淀んでいるが鋭い眼光に縛られ、しおりは動けなくなった。

「次のウイルスでは、二十四万人死ぬ」

「あの、オミクロンBA．2、ですか？」と苦笑いをわざと浮かべて見せた。

「その次だ」と男は言葉を区切った。「今度こそ日本人は大勢死ぬ。いいネタだろ。嘘だと思うなよ」

無気味な薄笑いを浮かべると、しおりの返事を聞かず、歩き始めた。なぜか言われたことが胸に染み込んだ。いったい、誰なんだ……。

振り向き、交差点へよろよろと歩くその背中を見ていると、本当に今、あの男と話したのかが曖昧に感じられた。男の背中は人混みに埋もれたのか、すぐに見えなくなった。もともとそんな男なんかいなかったんじゃないか？　とふと思った。今のは単なる自分の妄想のように思えた。

交差点の上ですれ違うマスクをした人々がバタバタと倒れる映像が、現実の交差点の画に重なった。その中のひとりに、自分がいるのが見える。想像と現実が重なると、恐怖が突き上がり、突然に胸が苦しくなった。

「あの人は、いったい、誰なのか……」

私はこの胸の痛みと幻影に一生苦しむのだろう……としおりは思った。

あとがき〜『インフォデミック』を書いた経緯

本書は四百字詰めで原稿用紙285枚（私の換算）の書き下ろし小説です。

この小説を書く（そして出版する）ことになった経緯を説明します。

二〇二〇年の二〜三月、私は新型コロナウイルスに大きな危機感を抱き、部屋にひきこもり、ふだんはあまり観ない民放のニュースやワイドショーを一日中観ていました。同時に、主にネットで欧米のコロナ関連のニュース報道の記事や医療現場のリポートを読み、感染症なども調べる日々でした（かなりビビっていたので、新型コロナについて知識や情報を得たかったわけです）。

ある時期から日本の報道に違和感を持つようになりました。欧米のニュースや記事ではインフルエンザと比較しているのに、日本のテレビでは比較しなくなり、日本と欧米との感染状況の相違なども避けている。どこか恐怖を煽るような報道姿勢が感じられました。

決定的だったのは、志村（しむら）けんさん逝去の際の報じ方でした。

この二年余、日本の報道は正しい情報を伝えるよりも、人々にコロナの怖さを伝えるほうの比重が大きい気がしていました。

私はコロナについて自分なりに本やネットで勉強しましたし、元々芸人としてテレビに出ていて、作家転身後もテレビに関するコラムを書く機会が多かったので、日本の番組のいくつかが科学的事実やデータを言ったり隠したりする巧みな〝煽り報道〟だと見抜けたのだと思います（それでも二ヵ月ほどは気づけなかった）。

しかしこの非常事態では、一般の視聴者、とりわけテレビを信頼するタイプの高齢者はテレビから発せられた内容をすべて信じるだろうと思いました。多くの視聴者が「テレビってなんか変だな」と気づくには時間がかかると私は予測しました。

本書の登場人物が言うように「決して新型コロナウイルスを軽んじてはならない」と思います。しかしテレビがコロナというワードを視聴率のためにコンテンツ化して報じてきた姿勢も軽んじてはならないと私は考えます。

私はｗｅｂメディア「ＢＥＳＴ Ｔ！ＭＥＳ」（ＫＫベストセラーズ）に、テレビ報道のアンフェアな姿勢を二〇二〇年五月から二年に及び書き続けています（今読むと間違いや古い見識もありますが、訂正せずに数十のコラムが現在も同サイトに存在しています）。

このような〝コロナ報道論〟を書籍化しようと二〇二一年暮れから画策したのですが、二つの理由で断念。

まず、多くの編集者から「コロナは日々状況が変わるので、書籍になった頃にはもう違う状況になっている」と言われたこと（本は書き上げてから発売まで三ヵ月かかる）。

それと、これだけいろんな方（医者や専門家含む）がコロナ関連の本を出して、持論・正論・はたまた本を売るための偏った論旨が混在していると、私のコロナ報道に関する本もその一部になって消えるだけだと思えたこと。

小説という〝物語〟でやったほうが私の主張というか、テレビと視聴者の関係などの現状が伝わるのではないか、と考え直しました。虚構であるからこそ表現できると。そのような小説を書ける小説家もそういないだろうと思えました。〝物語〟は後々まで残ってくれるという期待も持ちました。それが二〇二二年一月。

ある編集者に提案し、「テレビの中を知るマツノさんならできるのではないか」と言われ、二月上旬に構成を作り、冒頭（本書の一章目）を書きました。二月下旬に編集者のＯＫを貰ってからは六月刊行に間に合わせるために一気に書き、三月上旬に完成。短期間で書けたのは、よほどテレビ報道に思うことがあったからでしょうね（各章の見出しは映画や小説などのタイトルのパロディです）。

本書が刊行されるころはどのような状況になっているかはわかりません。この「あとがき」を書いた二〇二二年四月現在、ウクライナ情勢がテレビの中心です。コロナ関連での二年余の報道の〝やり方〟を検証しない場合、次なる感染症の流行時、または日本が何かしらの紛争に巻き込まれそうな事態の時、テレビはいったい何をどう報じるでしょうか。

刊行にあたり講談社の文庫出版部、永露竜二さんに感謝いたします。

二〇二二年四月

松野大介

本書は文庫書下ろし作品です。

|著者| 松野大介　1964年神奈川県出身。'85年にABブラザーズとして「ライオンのいただきます」(フジテレビ)にてタレントデビュー。'95年「文學界」新人賞候補になり、同年に小説誌「野性時代」にて作家デビュー。'98年に芸人小説の先がけ『芸人失格』が話題に。小説『路上ども』『天国からマグノリアの花を』、共著『三谷幸喜　創作を語る』など著書多数。現在、沖縄在住で作家活動。

インフォデミック　コロナ情報氾濫

松野大介

講談社文庫

定価はカバーに
表示してあります

2022年6月15日第1刷発行

発行者——鈴木章一
発行所——株式会社　講談社
東京都文京区音羽2-12-21　〒112-8001
電話　出版 (03) 5395-3510
　　　販売 (03) 5395-5817
　　　業務 (03) 5395-3615

Printed in Japan

デザイン—菊地信義
本文データ制作—講談社デジタル製作
印刷———株式会社KPSプロダクツ
製本———株式会社国宝社

ISBN978-4-06-528285-4

講談社文庫刊行の辞

二十一世紀の到来を目睫に望みながら、われわれはいま、人類史上かつて例を見ない巨大な転換期をむかえようとしている。

世界も、日本も、激動の予兆に対する期待とおののきを内に蔵して、未知の時代に歩み入ろうとしている。このときにあたり、創業の人野間清治の「ナショナル・エデュケイター」への志を現代に甦らせようと意図して、われわれはここに古今の文芸作品はいうまでもなく、ひろく人文・社会・自然の諸科学から東西の名著を網羅する、新しい綜合文庫の発刊を決意した。

激動の転換期はまた断絶の時代である。われわれは戦後二十五年間の出版文化のありかたへの深い反省をこめて、この断絶の時代にあえて人間的な持続を求めようとする。いたずらに浮薄な商業主義のあだ花を追い求めることなく、長期にわたって良書に生命をあたえようとつとめるところにしか、今後の出版文化の真の繁栄はあり得ないと信じるからである。

同時にわれわれはこの綜合文庫の刊行を通じて、人文・社会・自然の諸科学が、結局人間の学にほかならないことを立証しようと願っている。かつて知識とは、「汝自身を知る」ことにつきていた。現代社会の瑣末な情報の氾濫のなかから、力強い知識の源泉を掘り起し、技術文明のただなかに、生きた人間の姿を復活させること。それこそわれわれの切なる希求である。

われわれは権威に盲従せず、俗流に媚びることなく、渾然一体となって日本の「草の根」をかたちづくる若く新しい世代の人々に、心をこめてこの新しい綜合文庫をおくり届けたい。それは知識の泉であるとともに感受性のふるさとであり、もっとも有機的に組織され、社会に開かれた万人のための大学をめざしている。大方の支援と協力を衷心より切望してやまない。

一九七一年七月

野間省一

講談社文庫 最新刊

三津田信三 魔偶の如き齎すもの
若き刀城言耶が出遭う怪事件。文庫初収録「椅人の如き座るもの」を含む傑作中短編集！

宮城谷昌光 俠骨記〈新装版〉
軍事は二流の大国魯の里人曹劌は、若き英王同に見出され――。古代中国が舞台の名短編集。

佐々木裕一 将軍の宴〈公家武者信平ことはじめ㈨〉
将軍家綱の正室に放たれた刺客を、秘剣をもって退治せよ！ 人気時代小説シリーズ。

中村天風 真理のひびき〈天風哲人 新箴言註釈〉
『運命を拓く』『叡智のひびき』に連なる人生哲学の書。中村天風のラストメッセージ！

中村ふみ 異邦の使者 南天の神々
無実の罪で捕らわれている皇妃を救うため、飛牙と裏雲はマニ帝国へ。天下四国外伝。

松野大介 インフォデミック〈コロナ情報氾濫〉
新型コロナウイルス報道に振り回された、この2年余を振り返る衝撃のメディア小説！

黒木渚 檸檬の棘
十四歳、私は父を殺すことに決めた――。歌手にして小説家、黒木渚が綴る渾身の私小説！

本格ミステリ作家クラブ選・編 本格王2022
本格ミステリの勢いが止まらない！ 作家・評論家が厳選した年に、一度の短編傑作選。

講談社タイガ

保坂祐希 大変、大変、申し訳ありませんでした
SNS炎上、絶えぬ誹謗中傷、謝罪会見、すべて謝罪コンサルにお任せあれ！ 爽快お仕事小説。

藤澤清造　西村賢太 編・校訂

狼の吐息／愛憎一念　藤澤清造　負の小説集

解説・年譜＝西村賢太

貧苦と怨嗟を戯作精神で彩った作品群から歿後弟子・西村賢太が精選し、校訂を施す。新発見原稿を併せ、不屈を貫いた私小説家の〝負〟の意地の真髄を照射する。

ふN1
978-4-06-516677-2

藤澤清造　西村賢太 編

根津権現前より　藤澤清造随筆集

解説＝六角精児　年譜＝西村賢太

「歿後弟子」は、師の人生をなぞるかのようなその死の直前まで諸雑誌にあたり、編集・配列に意を用いていた。時空を超えた「魂の感応」の産物こそが本書である。

ふN2
978-4-06-528090-4

芥川龍之介 藪の中
有吉佐和子 新装版 和宮様御留
阿刀田 高 ナポレオン狂
阿刀田 高 新装版 ブラック・ジョーク大全
安房直子 春の窓〈安房直子ファンタジー〉
相沢忠洋 「岩宿」の発見〈幻の旧石器を求めて〉
赤川次郎 偶像崇拝殺人事件
赤川次郎 人間消失殺人事件
赤川次郎 三姉妹探偵団
赤川次郎 三姉妹探偵団2〈キャンパス篇〉
赤川次郎 三姉妹探偵団3〈珠美・初恋篇〉
赤川次郎 三姉妹探偵団4〈怪奇篇〉
赤川次郎 三姉妹探偵団5〈復讐篇〉
赤川次郎 三姉妹探偵団6〈危機一髪篇〉
赤川次郎 三姉妹探偵団7〈駈け落ち篇〉
赤川次郎 三姉妹探偵団8〈人質篇〉
赤川次郎 三姉妹探偵団9〈青ひげ篇〉
赤川次郎 三姉妹探偵団10〈父恋し篇〉
赤川次郎 死が小径をやってくる〈三姉妹探偵団11〉

赤川次郎 死神のお気に入り〈三姉妹探偵団12〉
赤川次郎 次女と野獣〈三姉妹探偵団13〉
赤川次郎 心地よい悪夢〈三姉妹探偵団14〉
赤川次郎 ふるえて眠れ、三姉妹〈三姉妹探偵団15〉
赤川次郎 三姉妹、呪いの道行〈三姉妹探偵団16〉
赤川次郎 三姉妹、初めてのおつかい〈三姉妹探偵団17〉
赤川次郎 恋の花咲く三姉妹〈三姉妹探偵団18〉
赤川次郎 月もおぼろに三姉妹〈三姉妹探偵団19〉
赤川次郎 三姉妹、ふしぎな旅日記〈三姉妹探偵団20〉
赤川次郎 三姉妹、清く貧しく美しく〈三姉妹探偵団21〉
赤川次郎 三姉妹と忘れじの面影〈三姉妹探偵団22〉
赤川次郎 三姉妹、舞踏会への招待〈三姉妹探偵団23〉
赤川次郎 三人姉妹殺人事件〈三姉妹探偵団24〉
赤川次郎 三姉妹、さびしい入江の歌〈三姉妹探偵団25〉
赤川次郎 静かな町の夕暮に
赤川次郎 キネマの天使〈レンズの奥の殺人者〉
新井素子 グリーン・レクイエム〈新装版〉
安能務 訳 封神演義 全三冊
安西水丸 東京美女散歩

綾辻行人 殺人方程式〈切断された死体の問題〉
綾辻行人 鳴風荘事件 殺人方程式II
綾辻行人 十角館の殺人〈新装改訂版〉
綾辻行人 水車館の殺人〈新装改訂版〉
綾辻行人 迷路館の殺人〈新装改訂版〉
綾辻行人 人形館の殺人〈新装改訂版〉
綾辻行人 時計館の殺人〈新装改訂版〉
綾辻行人 黒猫館の殺人〈新装改訂版〉
綾辻行人 暗黒館の殺人 全四冊
綾辻行人 びっくり館の殺人
綾辻行人 奇面館の殺人(上)(下)
綾辻行人 どんどん橋、落ちた〈新装改訂版〉
綾辻行人 緋色の囁き〈新装改訂版〉
綾辻行人 暗闇の囁き〈新装改訂版〉
綾辻行人 黄昏の囁き〈新装改訂版〉
綾辻行人ほか 7人の名探偵
我孫子武丸 探偵映画
我孫子武丸 新装版 8の殺人
我孫子武丸 眠り姫とバンパイア

講談社文庫　目録

あさのあつこ　甲子園でエースしちゃいました〈さいとう市立さいとう高校野球部〉
あさのあつこ　おれが先輩？〈さいとう市立さいとう高校野球部〉
阿部夏丸　泣けない魚たち
朝倉かすみ　肝、焼ける
朝倉かすみ　好かれようとしない
朝倉かすみ　ともしびマーケット
朝倉かすみ　感応連鎖
朝倉かすみ　たそがれどきに見つけたもの
朝比奈あすか　憂鬱なハスビーン
朝比奈あすか　あの子が欲しい
天野作市　気高き昼寝
天野作市　みんなの旅行
青柳碧人　浜村渚の計算ノート
青柳碧人　浜村渚の計算ノート 2さつめ〈ふしぎの国の期末テスト〉
青柳碧人　浜村渚の計算ノート 3さつめ〈水色コンパスと恋する幾何学〉
青柳碧人　浜村渚の計算ノート 3と$\frac{1}{2}$さつめ〈ふえるま島の最終定理〉
青柳碧人　浜村渚の計算ノート 4さつめ〈方程式は歌声に乗って〉
青柳碧人　浜村渚の計算ノート 5さつめ〈鳴くよウグイス、平面上〉
青柳碧人　浜村渚の計算ノート 6さつめ〈パピルスよ、永遠に〉
青柳碧人　浜村渚の計算ノート 7さつめ〈悪魔とポタージュスープ〉
青柳碧人　浜村渚の計算ノート 8さつめ〈虚数じかけの夏みかん〉
青柳碧人　浜村渚の計算ノート 8と2分の1さつめ〈つるかめ家の一族〉
青柳碧人　浜村渚の計算ノート 9さつめ〈恋人たちの必勝法〉
青柳碧人　霊視刑事夕雨子1〈誰かがそこにいる〉
青柳碧人　霊視刑事夕雨子2〈雨空の鎮魂歌〉
朝井まかて　花競べ〈向嶋なずな屋繁盛記〉
朝井まかて　ちゃんちゃら
朝井まかて　すかたん
朝井まかて　ぬけまいる
朝井まかて　恋歌
朝井まかて　阿蘭陀西鶴
朝井まかて　藪医ふらここ堂
朝井まかて　福袋
朝井まかて　草々不一
歩りえこ　ブラを捨て旅に出よう〈貧乏乙女の"世界一周"旅行記〉
安藤祐介　営業零課接待班
安藤祐介　被取締役新入社員
安藤祐介　おい！山田〈大翔製菓広報宣伝部〉
安藤祐介　宝くじが当たったら
安藤祐介　一〇〇〇ヘクトパスカル
安藤祐介　テノヒラ幕府株式会社
安藤祐介　本のエンドロール
青木理　絞首刑
麻見和史　石の繭〈警視庁殺人分析班〉
麻見和史　蟻の階段〈警視庁殺人分析班〉
麻見和史　水晶の鼓動〈警視庁殺人分析班〉
麻見和史　虚空の糸〈警視庁殺人分析班〉
麻見和史　聖者の凶数〈警視庁殺人分析班〉
麻見和史　女神の骨格〈警視庁殺人分析班〉
麻見和史　蝶の力学〈警視庁殺人分析班〉
麻見和史　雨色の仔羊〈警視庁殺人分析班〉
麻見和史　奈落の偶像〈警視庁殺人分析班〉
麻見和史　鷹の砦〈警視庁殺人分析班〉
麻見和史　凪の残響〈警視庁殺人分析班〉
麻見和史　天空の鏡〈警視庁殺人分析班〉
麻見和史　深紅の断片〈警防課救命チーム〉
麻見和史　邪神の天秤〈警視庁公安分析班〉

2022年 3月 15日現在